Aoi & Kaisei
「入れ替わったら恋人になれました」

入れ替わったら恋人になれました

川琴ゆい華

キャラ文庫

この作品はフィクションです。
実在の人物・団体・事件などにはいっさい関係ありません。

目次

口絵・本文イラスト／高久尚子

入れ替わったら恋人になれました

□　1　□

東京《とうきょう》――中でも夜の歌舞伎町《かぶきちょう》や新宿《しんじゅく》二丁目は、地方出身の蒼依《あおい》にとって『こわい街』だ。

ぼったくりバーのキャッチに囲まれたり、外国人にクスリを売りつけられたり、路地裏に連れ込まれたりするイメージだった。

「先月からうちでバーテンダーとして働き始めた、迷える子羊の『アオイくん』」

バーカウンターに並ぶ客に向かってマスターからそう紹介してもらい、蒼依は「よろしくお願いします」と会釈した。十二月の頭に上京し、店に立つようになって二カ月近く経つ。

新宿二丁目にあるこの『アルディラ』は、三十代や、マスターと同じ四十代の男性客が多く集うゲイバーだ。客同士の出会いの場でもあるし、ただ飲みにくる人、マスターやバーテンダーとのおしゃべりが目的の人もいる。

「めっちゃ若そう。歳はいくつ？」

三十代とおぼしき男性客三人組のひとりに問われ、リクエストされたカクテルを作りながら「二十一です」と笑顔で答えた。客たちは「若っ」「十歳以上離れてる」「か～わいい～」とそれぞれに反応する。

「俺ら三十四、五なんだけど、アオイくんの恋愛対象になる?」

真ん中の男性からの直球の問いに、蒼依は目をまばたかせて首を傾《かし》げた。

「素敵だなって思う人の年齢を、あんまり気にしたことないかな」

何かの算段があったわけでもなく素直に答えたのだが、男性らは「うわ〜、やばい」「その気にさせられる!」「意外とこっちが弄《もてあそ》ばれるかも」と盛り上がっている。

弄ぶつもりなど毛頭ないが、「そういう意味じゃなくて」と弁解すれば楽しそうな雰囲気を壊してしまうので、笑顔でごまかした。

——意図してその気にさせたり弄んだりするほど、恋愛を経験してないんです。

これまでの人生で「いいな。素敵だな」と思うだけで、気持ちを伝えてつきあいたいとか、出会いを求めて積極的に行動したことがない。

リアルでもテレビ画面の向こう側の人でも、同じくらい遠いものに感じていた。田舎では性的指向を隠すのが当たり前だったし、同性に好意を持ったとき、最初にブレーキを踏むことからスタートしてしまうせいだ。

ずっと恋愛ができなかったけれど、同じ仲間が集うこの街なら誰の目も気にせず、最初からあきらめなくていい。ここは肩の力を抜いて、本当の自分でいられる場所だ。だから勇気を出して上京してよかった、と思う。

「『アルディラ』にかわいい子が入ったって噂《うわさ》を聞いて久々に来たのよ、俺ら」

「噂はほんとだった。目がかわいい。いや、ぜんぶかわいい」

ゲイバーの店子《みせこ》はずいぶんちやほやされるものと聞いていたが、こんなふうにみんなやさしく接してくれるし、想像していたようなこわい経験はない。

男性客のひとりに「ところでさっきの『迷える子羊』って何？」と問われ、濃い顔立ちのマスターが、この街にはじめてやってきた日の蒼依について語った。

「十二月の寒空の下で『家出？』みたいなリュックを背負った子が、グーグルマップを見ながら上下左右にきょろきょろ、その場でぐるぐる回って、三歩進んでまた十歩引き返して……みたいなことやってたのよ、花園《はなぞの》通りの入口で」

マスターの話はひとつも盛っていない。田舎者丸出しな自分が恥ずかしくて、蒼依は「上京したその日だったから」とてれ笑いを浮かべた。男性客らは「マップがバグることあるもんな」とフォローしてくれる。

あの日、道が分からずに困っていたら、このオネエ口調のマスターに「ちょっとアナタ、どこに行きたいの」と声をかけられた。

店子の面接を受けるつもりだったボーイズバーの店名を伝えたところ、「そのお店、裏でウリやってるけど、知ってるの？」と教えてもらって事なきを得たのだ。

「そのときにマスターから『バーテンダーとして働かない？』って誘ってもらって」

「ウリやってますって最初から謳《うた》ってるボーイズバーなら、よけいなお節介だけどね。わたしも沖縄《おきなわ》出身のおのぼりさんでしょ。だからこういうピュアな子を放っておけないのよ」

お客さんたちは「ピュア！」「ピュア」「ひさびさに聞いたわ、ピュア」「俺たちに縁がない単語すぎるよな」と互いを指して笑っている。

「マスターのおかげでこわい目に遭わずにすんだし、ここで働かせてもらえてよかったです」

蒼依がはにかむと、マスターに「ほらっ、かわいいでしょ？　ビジュアルも相まって拾われた子羊ってかんじ」とくせっ毛なマッシュヘアーの前髪をなでられた。

上京後しばらくはネットカフェで寝泊まりするつもりだったけれど、マスターがアパートを紹介してくれて、賃貸契約の保証人にまでなってくれた。まさしく恩人だ。

「アオイくん、彼氏はいるの？」

三人組の真ん中の男性に問われ、蒼依は「いいえ」と首を振った。

「だから、長く一緒にいられるような人と出会えるといいなぁって」

真面目な恋愛がしたいという言葉を受けて、マスターが男性客らに「この子をくどくときはわたしの許可が必要だからね～」と目からビームを出すしぐさで牽制《けんせい》する。

恋愛をまだ理想で語ることしかできないけれど、この街に来てようやく、恋は画面の向こうの出来事のように遠いものじゃなくて、リアルなものだと感じている。

蒼依はちらりと右側へ目線を流した。常連客がひとり、バーカウンターに突っ伏している。

「マスター、燿成《かいせい》さんが……」

「あら、ちょっと目を離した隙《すき》に潰《つぶ》れちゃった？」

「僕、声かけてみます」

　蒼依はカウンターを出て、その男性客の肩を揺すった。

「燿成さん、大丈夫ですか？」

　声をかけても「ううん」と唸《うな》るだけだ。さっきまで燿成と一緒に飲んでいた男性客は、今は別のグループと飲んでいる。眠ってしまったために放置されたようだ。

「起きないです。ロキさんを呼んだほうが……」

　蒼依が訴えると、マスターは「しょうがないわね」とため息をついて電話をかけはじめた。

「あ、どうも、二丁目のバー『アルディラ』です～。燿成くんが潰れちゃったのよね。お迎えお願いしてもいいかしら。はい、はい。よろしくお願いしま～す」

　通話を終えたマスターがこちらへやってくる。

「燿成くんの同居人さん、来てくれるって」

「じゃあ、それまで僕が燿成さんの様子を見てます」

　蒼依の申し出にマスターは「ふふっ」と含み笑いをして「じゃ、彼のグラスの片付けもお願い」と託された。

　燿成の飲み残しのグラスなどを片付けつつ様子を窺《うかが》う。

「あのぅ……、あたたかいおしぼり使いますか……？」

突っ伏して寝ている櫂成の顔を覗《のぞ》き込んで再度問いかけてみるが、やはり返事はない。

——櫂成さんの寝顔……近くで見ちゃった。やっぱりかっこいいなぁ。

今閉じられている目は、開くと妖艶《ようえん》な雰囲気のある奥二重で印象的だ。はじめて会話したとき、色気の滲《にじ》む眸《ひとみ》に吸い込まれそうな気がした。整った鼻梁《びりょう》、薄い頰《ほお》、笑うときは「にっ」と横に開くかんじで目がなくなるところなどはちょっとかわいいと思う。ばさっと無造作なミディアムヘアがワイルドな雰囲気を際立たせるが、話すと気さくな人だ。

濡《ぬ》れたテーブルを拭《ふ》きながら、ちらちらと櫂成を観察する。

百八十センチの長身で均整のとれた体軀《たいく》は水泳などのスポーツをやっていそうで、肩や胸に厚みがあるし、蒼依の奥行きのないひょろっとした身体つきとはぜんぜんちがってまさに漢《おとこ》らしい。

——あぁ、いいなぁ……素敵だなぁ。

いいなと思うのは櫂成の容姿だけじゃない。

彼も、蒼依を助けてくれた恩人だ。

＊　＊　＊

この店のバーテンダーとして働きはじめて間もない頃だった。

バーカウンター内に立っていると、「一緒に飲もう」「一杯おごるよ」とお客さんから誘われることはたまにある。店子が接待する店ではないけれど、クローズする午前二時近くということもあって、誘ってくれた男性客の隣に座って一杯だけおごってもらうことになった。

マスターがカクテルを作ってくれている間に「先にちょっとトイレに」と席を立ったのだが、その隙に男性客が蒼依のカクテルに薬物らしきものを入れたのだ。

トイレに入ったついでに軽く掃除をして出ようとしたところで、目の前に櫂成が壁みたいに立ちはだかった。

「カウンター席の男が、きみのカクテルになんか入れてた。適当に嘘《うそ》つくかグラスを倒すかして飲まずに、こっそりマスターに報告したほうがいい」

それをわざわざ櫂成が教えに来てくれたのだ。

「タダほど怖いもんはないっていうだろ？　まぁ、そんなビビんな。大丈夫、なんかあったら俺が横入りして助けてやる」

青ざめている蒼依に、櫂成は最後に笑顔で慰めて励ましてくれた。

テレビやSNSではデートレイプの被害について見たことがある。でも実際に目の当たりにするまでひとごとのような感覚だったから、助けてもらったことに感謝して、反省もした。

その男性客が待つ席に戻るのだってこわいけど、この人が見守ってくれる——櫂成の存在が安心感につながったのだ。

＊＊＊

　このときまでは櫂成のことも『ラストまでいたお客さんのひとり』でしかなかったけれど、挨拶《あいさつ》以外ではじめて言葉を交わしたときにそんなことがあって、彼が店に来ると蒼依は目で追うようになった。

　櫂成に惹《ひ》かれ、気になっている蒼依とはちがい、彼のほうは例の一件を覚えていなかった。とくに疲れているときに飲みすぎると突然眠るタイプのようで、会話の内容など忘れてしまうことも多いらしい。

　以前はワンナイトで遊んでいる様子だったそうだが、今はバーに気晴らしに来ているだけみたい、とマスターが話していた。騒ぐタイプではないけれど、飲み方も綺麗《きれい》で、そこに居合わせた人たちといつも楽しげに飲んでいる。

　酔うとけんか腰になるお客さんを宥《なだ》めて落ち着かせたり、「トイレに座り込んでるのがいるけど、どうする？」と知らせてくれたりなど面倒見もいい。

　櫂成は「アラサー」とのことなので、蒼依より八歳か九歳くらいは年齢が上のはずだ。

　これもマスターからの情報だが、彼はバイセクシャルで「男も女もエロそうな美人が好み」

と公言しているバリタチらしい。だから自分みたいな青臭そうな若い男はまったくタイプじゃないのだろう。さっきまで燿成が一緒に飲んでいた人も色っぽい顔つきの美男だった。

――もともと面倒見がいい性格だから「助けてあげた」とも思ってなくて、好みを掠《かす》りもしない僕を認識してないいんだろうな。

恋が始まる前から片想いは確定していて、がんばってどうにかなるような相手ではない。だって燿成には恋人と噂の『同居人』がいる。恋人だと明言していないそうだが、こうして酔い潰れるたびに迎えにくるくらいだ。マスターも「美男だし、燿成くんの本命、恋人なんでしょうね」と憶測していた。

燿成が酔い潰れるのは珍しい話ではなく、ここで働きはじめて二カ月たらずの蒼依も、その同居人である男性・ロキが迎えにきた場面にすでに二度遭遇している。

せっかく自由に恋をしていい場所にいるのに、蒼依がはじめて惹かれたのは、心のブレーキをかけなければならない相手だった。

三十分たらずで、燿成の同居人・ロキがバーに現れた。

目鼻立ちのはっきりした黒髪の美形で、頭が小さくて腰の位置が高くスタイルがいいので、お客さんたちもちらっと目線をやっている。ワイルドみもある燿成とはちがうタイプのイケメンだ。

ロキはマスターに「いつもすみません」と会釈して、こちらへ向かってくる。

酔い潰れてカウンターに寄りかかったままの櫂成に、蒼依は「お迎えの方がみえましたよ」と声をかけた。

オリーブグリーンのモッズコートを着た彼は蒼依に「いつも迷惑かけてごめんね」と詫《わ》びて、櫂成には「おい、櫂成、起きろ」と後頭部をぺしっとはたいたからびっくりする。さらに今日は「疲れてるときにあんま飲むなっつっただろうが」と小言も飛び出した。

「んあ……？」

はたかれてようやく顔を上げた櫂成が「なんだ、ロキか」と彼に向かってつぶやいた。ロキは「まったく」とため息をつく。苛立《いらだ》っているのではなく、しょうがないなというふうに。

「こいつの飲み代、いくら？」

「あ、あの、こちらです」

代金を書いた紙を蒼依が差し出すと、ロキが自身の財布から櫂成の飲み代を支払った。

「おーい、櫂成、立てるだろ。ていうか立て。ほら、俺の肩に摑《つか》まれ」

背中をぽんぽんと叩《たた》き、慣れた手つきで櫂成の腕を摑んで、肩を組む格好でスツールから立たせたあとは「いやじゃねーわ、歩け」と手厳しい。でもその短いやりとりでも、気の置けない仲なのが伝わってくる。

「車、路駐してる。そこまで歩かなかったら道ばたに転がすからな」

「歩けます〜、ほら、歩いてる」

「いいから黙って歩け。耳元でうるさい」

マスターがカウンターから「またどうぞ〜」と笑顔で手を振ると、櫂成を肩に摑まらせた格好でロキが「お邪魔しました」と軽く頭を下げ、出口へ向かった。

ふたりの身長は同じくらいだけど、ロキのほうが少し細身だ。そんなロキに櫂成は遠慮なく身を預けて歩いている。信頼しあう恋人同士なのが、ふたりのうしろ姿からも伝わった。

――いいなぁ……あんなふうに頼って甘えられる関係の恋人がいたら、毎日どんなに楽しいだろう。

自分の手には届かない人という事実は切なく、ふたりの関係性がうらやましい。

それまで茫然《ぼうぜん》と突っ立っていた蒼依に、マスターが「アウター」と羽織るジェスチャーで合図をくれる。

預かって掛けていた櫂成のダウンコートを手に、蒼依は店の出口までふたりを追いかけた。

「あのっ、これ、櫂成さんのコート」

振り向いたロキが「あぁ、ありがとう」と手をのばして受け取った――その瞬間だった。

「ロキー」

櫂成がロキの頰に、むちゅっと音を立てそうなキスをしたのだ。

蒼依はぎょっとして固まった。

即座にロキが「おまえマジふざけんな」と櫂成のその顔を押しのけ、蒼依には「最後まで見苦しいもん見せてほんとごめんね」と謝ってくれる。

「いえ……そんなことは……」

見苦しいとかじゃなく、脳内に強烈なフラッシュをたかれたような衝撃を受けた。ひそかに気になっている男の、恋人とのいちゃいちゃと、とどめみたいなキスシーンを目の前で繰り広げられたのだ。

店の扉が閉まる音で、はっと我に返った。

肩を組んで歩くふたりのうしろ姿が、キスシーンが、まぶたにくっきりと焼きついている。

——櫂成さんの恋人……ロキさんも素敵な人なんだよな……。

ロキの口調や物腰はちょっと粗雑な印象だが、ふたりがそれだけ心を許しあっているということだろう。歳が近い男同士だと、あれくらいは普通のノリだ。

複雑な心境のままカウンターの内側に戻ると、マスターが眉《まゆ》を寄せてほほえんだ。

「初恋なんて、ジェンダー関係なくほろ苦い思い出なのが普通よ」

「……はつ、こい……」

そうだ。初恋だった。なんとなく気になるとか、そんな程度のものじゃなくて。

櫂成には同居中の恋人がいるという噂は聞いていたけれど、あんなふうに目の前で事実を突

きつけられ、まさに失恋の決定打だった。

今、蒼依の心はショックで小さく窄《すぼ》まっている。ずきずきと痛い。

恋愛は未経験だと、マスターには最初の日に伝えてあった。

今日までの間に耀成へのひそかな恋心を明かしたことはなかったけれど、彼についてあれこれ訊《き》いたり、興味があるのを隠せていなかったので、マスターに見抜かれている気はしていた。

でもそれを変に茶化したり、正論でとめることも逆に焚《た》きつけることもせず、ただ見守っていてくれたのだと思う。マスターは蒼依を「かわいい」と猫かわいがりしているようで、ちゃんとひとりのおとなとして扱ってくれる。

「大丈夫？　泣きそうなら裏に行ってもいいわよ」

「いえ、大丈夫です」

これまで「素敵だな。かっこいいな」と思う人はいても、なんの絡みもない上級生やテレビで見るような遠い世界の人で、おおよそ恋とは呼べないものばかり。

――でも、はじめてちゃんと「好き」って思った人だった。

彼にはほとんど認識されていなくても、蒼依にとっては自覚できたはじめての恋だ。

「耀成さんの恋人が素敵で、お似合いのふたりだから、あきらめられる」

「大丈夫よ。アオイくんにぴったりの、いい人がきっと現れるわよ」

「だといいな」

また恋がしたいと思えるような、そんな初恋だったからよかった。

淡い恋の花は風に吹かれたらあっという間に散って、そうしたら視界が開けて青空が見えたような、不思議とすっきりした気分だ。ここでは同性に恋をすることが普通で、新しい出会いだってきっとあるはず。

東京へ出てきて、はじめての恋はこうして終わった。


——とはいえ、失恋の翌日にこんな偶然……きついんだけど。

バーへ出勤前の、十七時半過ぎ。カフェのガラス張りの窓に面したカウンター席でサンドイッチを食べる蒼依のすぐうしろの席に、なんと櫂成とロキが座ったのだ。

背中を向けているため、彼らはまったく気付いていない。ふたりがカフェの前を歩いているところから店内へ入るまで目で追いながら、内心で「こっちに来ませんように」とどきどきしていたのだが、まさにマーフィーの法則だ。

挨拶するべきだろうか。でも櫂成と直接会話したのはたった一回で（しかもあっちは覚えていなかった）、認識されている気がしない。ロキに至っては、店に迎えに来たときしか顔を合わせていない。

——や……やめとこ。挨拶しても「誰？」って顔される可能性のほうが高いし。ふたりが先に出てくれるといいけどな。

正午から夕刻まで単発や短時間の隙間バイトを入れており、バーの出勤前に腹ごしらえと休憩をかねて、いつもこの新宿のカフェで過ごしている。バーのオープンは十九時なので、ここであと四十分ほど過ごすつもりだった。

イヤホンを挿してスマホで動画でも見ようかとバッグを探るが、今日に限って家に忘れてきている。蒼依はしかたなくニュースサイトやSNSを適当にスクロールさせた。

「寒いし、家でゆっくり鍋《なべ》とか食べたくない？　氷点下で屋外はつらい」

「この案件が終わったらな。今日はこれで我慢しろよ」

鍋が食べたいと言ったのが櫂成で、我慢しろと返したのがロキだ。そんなつもりはなくてもふたりの会話が聞こえ、興味があるから耳がしっかり拾ってしまう。

「ロキが前に作ってくれたあの鍋、なんだっけ、春雨たっぷり入れるやつ」

「ん……あぁ、ピェンロー鍋な。干し椎茸《しいたけ》の戻し汁に、鶏団子と白菜を入れて」

「そう、それ。食べたい。あと、温泉も行きたくない？」

「あれしたいこれしたいばっかだな」

同居というか、はっきりと同棲《どうせい》している恋人同士の会話だ。

うらやましい。ふたりで何を食べたいとか、どこへ行きたいとか、思ったことを言いあえる関係はもちろんだが、率直に、櫂成の恋人であるロキがうらやましい。

──いいなぁ……あんなふうに櫂成さんにキスされたり、甘えられたりしてるんだよな……。ふたりのキスシーンが生々しく目に焼きついている。だって昨晩見たばかりなのだ。失恋してあきらめるしかないのは重々承知だが、櫂成への想いがきれいさっぱり消えてなくなったわけじゃない。彼をきらいになる要素だって今のところない。

──……キスも、えっちも、してるんだよね。

自分が一度も経験したことのないものが、彼らには日常だ。

櫂成の逞《たくま》しい腕に抱かれることを想像する。互いを抱擁したままくちづけあったり、たわむれて笑いあったり。最初は自分と櫂成で想像していたが、実際に性経験がないせいか、はたまたあきらめの境地か、途中からロキと櫂成にすり替わった。

──ロキさんがうらやましい。僕も、はじめてが櫂成さんならしあわせなのにな。その一瞬だけでも、ロキさんになれたらいいのに。

かなわない願いだ。きのう失恋したばかりなのに、ここで再度その現実を突きつけられるとは、神様はなんていじわるなのだろうか。

「あのマルタイ、なかなか尻尾《しっぽ》を出さないな。やけに用心深いけど、うちの前に他所《よそ》で尾行を失敗してるとか……ないよな」

「どうだろう。ニタイにサンタイも現れたし……シツビに要注意だな」

「こういうときに二人体制だと限界を感じるな」

食事や温泉の会話までは理解できたが、ふたりが今いったい何について話しているのか、蒼依はてんで理解できない。

――マルタイ？　ニタイ？　シツビ？　隠語かな。尾行ってことは、刑事とか？

もしかして同じ職場、同じ仕事をしているのだろうか。

気になりすぎてバレないように一瞬だけ、うしろのふたりに視線を向けた。いつもバーで見ているときの櫂成とはちがう、真剣な表情で仕事について話している。

見ても傷つくだけなのに、自分の好きな人が、その恋人とどんな話をしているのか気になって聞き耳を立て、わざわざ確認してしまった。

仕事もプライベートもずっと一緒、信頼しあうふたりの間には一ミリの隙もないのだと思い知る。入り込む気はないが、櫂成と四六時中一緒にいられるロキのことがやっぱりうらやましくてしかたない。

切なくてそっとため息をついたとき、陽が暮れた薄闇の中、ガラス窓越しにこちらへ向かってくる二つの光が目に入った。

顔を顰《しか》めるくらいに眩しい。

それが車のヘッドライドだと気付いた次の瞬間――爆音と同時に身体に強い衝撃を受けた。

人の悲鳴とけたたましく響く警報音、顔に水が当たるのが不快でまぶたを上げる。

目に映るのは見慣れない天井だ。天井のスプリンクラーが作動して、そこから水が降り注いでいる。

身体が固まったように動かない。無理に動こうとすると、背中に鈍い痛みが走った。

――なんで……こんな濡れたところに……？

水が降り注ぐ床に仰向《あおむ》けで倒れている。記憶が混濁し、状況を把握できずに、ここがどこで、直前まで自分が何をしていたのか分からない。

「おい、大丈夫か！」

その大きな声にはっと驚いた。

降り注ぐ水を遮り、顔を覗き込むのは擢成だ。ひどく慌てている。

どうして彼がいるのだろう。

しかし、どうにも言葉が出てこない。

身体が重い。あらゆる感覚が断片的だ。

「ロキ！　しっかりしろ！　俺が分かるか？」

擢成はなぜか蒼依にそう呼びかける。

「かい、せい……さ……」

彼の名前は分かる。知っている。

櫂成がほっとした表情になったが、反対に蒼依は自分の声に違和感を覚えて眉をひそめた。

何かおかしい。でも何がおかしいのか分からないでいると、櫂成に手をしっかりと摑まれた。

「よかった、意識はあるな。どこか痛むところは？」

視界に入ったその摑まれた手も、なんだか変だ。自分じゃない、となぜだか思う。

櫂成に包まれているのとは反対の手を目の前に翳《かざ》してみた。やっぱり知らない、他人の手だ。

「え……？　え？」

声も手も自分とはちがう。ぞっとする。気持ち悪い。

「ロキ、どうした？」

櫂成が心配そうに覗き込んでくる。

蒼依はおそるおそる上体を起こし、周囲へ目を向けた。

辺りは騒然としている。倒れている人。茫然と座り込む人。その人たちに声をかける店員。

前方がぐしゃぐしゃになった乗用車が蒼依のすぐ傍にある。

「その車が歩道側のガラス窓からいきなり突っ込んできたんだ」

櫂成がそう説明してくれた。よく見れば、櫂成自身も頬に軽いケガをしている。

「車のヘッドライトが見えたのは……覚えてる……」

目に映るものがスローモーションのように感じた直後、視界が真っ暗になり意識を失ったのだ。

「ヘッドライト？　おまえ、背中を向けてたのに？」

擢成は不可解そうに言うが、たしかにその光景を思い出せる。

車の事故に巻き込まれたことは理解できた。直前までカフェの窓際で過ごし、擢成とロキの会話をこっそり聞いていたのだ。

「ロキ、脚はどうだ？　動かせるか？」

擢成に何度も「ロキ」と呼ばれている。

蒼依は混乱の中で身につけているものにふれて、目でも確認した。

服がちがう。靴もちがう。それどころか、身体の大きさもぜんぜんちがう。ぜんぶが、自分のものじゃない。

——……これ……ロキさんが着てた服……？

このオリーブグリーンのモッズコートは昨晩もロキが着ていたはずだ。

スプリンクラーの雨がやみ、困惑に眉を寄せたままのろのろと立ち上がった。

「よかった。ロキも大丈夫そうだな」

蒼依が自力で立てたことに、擢成は安堵《あんど》の表情を浮かべている。

そういえば擢成を見るとき、自分の視線はもっと上がるくらいに身長差があったはずなのに、今は目の高さが同じだ。

——……僕が僕じゃなくなってる……？

さっきから自分が「ロキ」と呼ばれているのはなぜか。

つまり櫂成からはロキの姿として見えているからじゃないのか。

蒼依はひどく狼狽《ろうばい》し、辺りに鏡がないか探した。でも見当たらない。

「ロキ、どうした？　何を探してるんだ」

櫂成が戸惑うように声をかけてくれるけれど、それに応える余裕はない。

なんとはなしにポケットを探って出てきたのは見覚えのない色の、顔認証でロックが解除されるタイプのスマホだ。

震える手でスマホのロック画面をスワイプさせてみた。蒼依ならば解除されるはずはないが、なんなくホーム画面が表示される。

「——……！」

自分は真野《まの》蒼依だと認識しているのに、身体は別人なんてあり得ない。

カメラのアプリを立ち上げ、インカメラにする。

ディスプレイに映っているのはロキだった。

「……おい、ロキ、ほんとにどうしたんだ」

「はっ……あ……うっ……」

浅く喘《あえ》いでうまく息ができない。苦しい。スマホを持つ手がぶるぶると震える。視界が色をなくし、立っていられない。

「おい、落ち着け。どうしたロキ、ゆっくり、深く呼吸しろ、大丈夫だから」

櫂成が椅子に座らせてくれて、背中をさすってくれる。息苦しさで吐き気を覚え、「背中をなでるリズムでゆっくり息を吸って、ゆっくり息を吐け」と導かれるままとにかく目をつむり、櫂成の言うとおりにすることだけを考えた。

――どうしてか僕が『ロキさん』になってる……!?

息苦しさで涙が溢《あふ》れて滲んだ視界に、櫂成が「ロキ」と心配そうに覗き込んでくる。

「さすがにビビるよな。こんな事故に巻き込まれたら」

さきほどから櫂成が蒼依に向かって「ロキ」と呼んでいる意味がやっと分かった。

「お客様、大丈夫ですか？　お怪我はございませんか？」

呼吸が少し落ち着いた頃に店員に声をかけられ、櫂成が「ふたりとも大きなケガはないです」と答えているとき、蒼依は前方に信じられないものを見つけた。

そこに仰向けで倒れているのは『蒼依』ではないのか。

『蒼依』は目をつむったまま動かない。意識がないように見える。

「……あれ、は……」

蒼依の視線の先を追った櫂成が、『蒼依』のほうへ近付いて行く。

「……この子……」

擢成が『蒼依』の前で屈《かが》み、「おい、聞こえるか？」と声をかけているが、やはりぴくりとも動かない。

蒼依もふらふらと『蒼依』のところへ向かった。

——……僕が、目の前に倒れてる……！

よく似た別人かとも思ったが、着ている服まで同じなんてことはあり得ない。

「この子、息はしてるみたいだけど、反応がない」

擢成が言うとおり、『蒼依』は眠っているように見える。

——なんで僕は僕を見下ろしてるんだ？　これ……何？　何が起こってんの？

得体の知れない恐怖で足が竦《すく》み、屈んだ擢成の半歩ほどうしろからその様子を見守ることしかできない。

「見間違いかと思ったけど、この子、『アルディラ』のバーテンダーじゃないかな……」

擢成が『蒼依』の顔を注意深く覗き、「やっぱりそうだ」と立ち上がる。

「ほら、ロキがきのうも俺を迎えにきてくれただろ。そこの」

蒼依はショックのあまりに言葉が出てこず、ぎこちなくうなずいた。

——……ロキさんと僕が入れ替わった……ってこと？

これは夢だろうか。

でも車から漏れたガソリンや土埃《つちぼこり》の匂《にお》いも、水に濡れた冷たさも、「これは現実です」と知らせている。それでも自分がロキの身体に入っているなんて、現実として受け入れられない。

恐ろしくなって後退《あとずさ》り、震えながら自分の身体をもう一度見下ろした。

他人の手足だ。なのに、自分の意思で動く。自分は絶対にロキじゃないのに、周りにはロキにしか見えないなんて。

ロキの意識は『蒼依』の中にあるのだろうか。入れ替わったとして、元に戻る方法が分からない。そもそも戻る方法なんてあるのだろうか。まさかもう二度と戻れないのだろうか。

何も解決しないまま、疑問だけが次々に湧く。

——これから僕はどうすれば……。すぐに戻れなかったらどうしよう……！

ほぼ知らない人の身体で生きていくなんてできるわけがない。

どうしてこうなったのか、何をどうしたらいいのか、分からない。何も分からないことがこわい。

警察官、救急隊員も駆けつけて騒然とする中、おそろしい想像と自分の身に起こっている現象について考えるので精いっぱいで、何も発せず、何もできずにいた。

□ 2 □

軽い打撲や切り傷程度だろうと、被害の及んだ席に座っていた客は病院へ搬送された。念のための検査と、待合室では警察による聞き取り調査も同時に行われている。

アクセルとブレーキを踏み間違った車の暴走による事故とみられ、重軽傷者は七名らしい。

ロキの財布の中にあった保険証と免許証から、彼の名前が『露木雅尚《つゆきまさなお》』だと分かった。名字が露木だから、『ロキ』というあだ名のようだ。

ロキの名刺には『スパイダー探偵事務所』、肩書きは『調査員』と記されている。

聞き取り調査の中で櫂成《かいせい》が「わたしは『スパイダー探偵事務所』の代表です」と答えていたので、彼の会社でロキも一緒に働いているということだろう。

「聞き取りのとき、こいつ自分の血液型を言えなかったんですけど」

診察中の担当医に櫂成が「打ち所が悪くて、とかじゃないですよね？」と問いかけている。

混沌《こんとん》とした状況の中でロキの名前と生年月日はなんとか覚えたが、血液型の表記がなかったために蒼依《あおい》は知りようがなかったのだ。

ロキの身体なのに蒼依としての発言しかできない。「はい」「いいえ」程度の受け答えに留《とど》めて、知らないことは思い出せないふりをして沈黙するしかなかった。そんなこととは知らない櫂成は、ロキの心身の状態を案じているのだ。

「事故のショックで、一時的にうまく言葉が出なくなっているのかもしれないですね」

医者の見解に、蒼依の傍に立つ櫂成が「ちゃんと戻りますかね」と心配そうに訊《たず》ね、「まぁ、そのうち。だから周りも焦らずに」と返されている。

全身を診てもらったところ、ロキの背中には何かがぶつかったと思われる打撲痕《こん》があった。医者の見立てでは、「車が直接あなたの背中に衝突したのではなくて、車に撥《は》ねられた人がぶつかったようですね」とのことだ。

――つまり撥ねられた僕がロキさんの背中にぶつかって……そのときに入れ替わった？

憶測でしかないが、そういうことなのかもしれない。

「検査の結果、背中の打撲以外に外傷はなく、脳波やＣＴ、その他検査の結果も問題ないようですから、いずれ落ち着くでしょう。もししばらく経っても発語に支障を感じたら、もう一度ご来院ください」

警察の聴取もほとんど櫂成が対応してくれて、この診察後は帰宅していいといわれている。

櫂成の頰の傷は小さいもので、彼の検査結果にも問題はなかった。

事故から二時間ほどかかって検査を受けたりなどする間に、吐き気をもよおすほどの動揺も、だいぶ落ち着いた。落ち着いたというか、入れ替わっている事実をとにかく受けとめるしかないという心境だ。

受付で精算を待つ間、『蒼依』のことが気になり、どうにか情報を得られないかと考えあぐねた。

「……あの……一緒に搬送された人……どうなったの、かな……」

ぼそぼそと話す蒼依、つまりロキの顔を、櫂成は何か不思議なものでも見るような目で見てくる。話し方がいつものロキじゃない、と思われて当然だ。でも本来の自分より低い声に強い違和感があって、普通に喋《しゃべ》るのですら気持ち悪くて声が小さくなってしまう。

「あ……あぁ、『アルディラ』のバーテンダーのアオイくん？　そうだな……」

てっきり櫂成には名前もろくに覚えられていないと思っていたが、ちゃんと認識してくれていたようだ。櫂成は聞き取りを行っている警察官を捕まえ「搬送された負傷者の中に知りあいがいた気がするんですけど」と話しかけている。だから蒼依も一緒に話を聞くことにした。

「たしか二十一歳って言ってたかな、『アオイくん』、本名は知らないです。でも顔写真がついた身分証があれば分かると思います」

櫂成と警察官が搬送された患者のデータと照合している。

蒼依の財布には保険証や顔写真付きのマイナンバーカード、免許証も入っていたはずだ。

「あ、この子だ、『真野《まの》蒼依』……行きつけのバーで働いてる『アオイくん』だと思います」

警察官の話では「脳にダメージはなく軽傷だが、『目覚めるはずなのになぜか目覚めない状態』なので、今後『意識不明の重体』に変わるかもしれない」とのことだった。

軽傷と知りひとまず安堵したが、詳しく聞くと穏やかじゃない。

――『目覚めるはずなのに目覚めない』……入れ替わってることが原因なのかな……。

いくら脳にダメージはないと言われても、脳死や植物状態という蒼依でも知っている言葉が頭に浮かんで、別の不安でいっぱいになった。

それから櫂成が『アルディラ』に電話を入れ、マスターに事故の内容と『蒼依』の容態について伝えてくれている。

通話を終えて、櫂成がため息をついた。

「出勤するはずの時間になっても来ないから、何かあったんじゃないかって心配してたって。時間を守る子で、無断で休んだりもしないからって。マスターが今から来てくれるらしい」

本来は店を開けている時間なのに、迷惑と心配をかけてしまう。

「マスターが来たら、面会できるかな……」

可能であれば『蒼依』の様子を自分の目で確かめたいのだ。

櫂成は「面会？」と首を傾げている。それはそうだ。ロキは櫂成よりもっと『蒼依』との関わりがないのに、面会したがるなんておかしい。

「か、櫂成さんも、その人のこと気になるかなって」

耀成は「耀成、さん？」と眉を寄せている。ロキは耀成に対して『さん付け』なんてしないからだ。

「ロキ、ほんとちょっとやばくない？　大丈夫か？　どっか具合悪かったら言えよ？」

「僕は」

「僕ぅ？」

「お、俺……俺は、大丈夫」

心情的にはぜんぜん大丈夫じゃないが、そう答えるしかない。

怪訝《けげん》そうな顔をしている耀成に誘われて、待合用の椅子に腰掛けた。

「まぁ、俺もアオイくんの様子は気になるし、マスターが来るまでここで待つか」

蒼依はこくんとうなずいた。

しかしマスターが病院に到着した際に、ストレッチャーに横たわる『蒼依』の姿をたまたま見ることができただけだ。マスターも何かと面倒を見ているというだけで『蒼依』の家族ではないし、現段階ではまだ面会は許されていない。

——僕の身体の中に、ほんとにロキさんがいるのかな。その状態で容態が急変するなんてことはないよね⁉

万が一『蒼依』が死んでしまったら、中にいるロキの意識も一緒に消えてしまうのだろうか。もしそんなことになれば蒼依も本来の身体を失うので、元に戻ることができなくなる。

自分の身体の傍にも行けず、途方に暮れる。

担当医による説明を受けているマスターの姿を、櫂成とともに少し離れたところから見守るしかなかった。

マスターの話では『蒼依』はまだ意識が戻らないけれど、精密検査の結果に問題がなければ、後日、一般病棟に移り、家族以外の面会もできるようになるとのことだった。

「あの子、家族がいないんだな。唯一の身内だった母親が去年の夏頃に亡くなって、十二月に上京したって話だから……こっちに来てまだ二カ月たらずだろ。それがあんな事故に巻き込まれるなんて……」

櫂成がインスタントのカップスープにお湯を注ぎ、ソファーに座る蒼依の前にマグカップを置いた。

ここは櫂成とロキが一緒に暮らしている下北沢《しもきたざわ》のマンションだ。自分がロキじゃないことを相変わらず伏せたまま、ここまでついてきてしまった。

「マスターがアオイくんの入院や治療の際の身元引受人、保証人になってくれるって話だったから、その辺はひと安心だ。あとは早く本人が目覚めてくれたらいいけど」

マスターにとことん迷惑をかけてしまっていて、胸が痛い。蒼依は小さくため息をついた。

疑問は何ひとつ解決しないまま、懸念や問題ばかりがどんどん積み重なる。

入れ替わっていることを櫂成に言うべきだろうか。でも、どう説明すればいいのか分からない。話したところで、こんな非現実的なことを信じてもらえるとは思えないし、今話しても、事故の影響でおかしくなったと心配されるのが関の山だ——そう考えるから、櫂成にも誰にも、自分の身に起こっていることを話せないでいる。

「冷えるぞ、スープ」

櫂成に指されて蒼依はぺこっと会釈し、マグカップを両手で掴んだ。その様子を見ていた櫂成が眉を寄せている。

——そ、そっか、ロキさんだったら「サンキュ」とか軽く言うかんじ⁉

しかしすでに手遅れだ。

「なんだ、なんか、どうした。それも変だな、乙女みたいに持って」

最初、その指摘の意味がピンとこなかったが、手元を見てはっとした。どっしりした大きなマグカップだから両手を使ったが、きっとロキはこんなふうに持たないのだ。

——櫂成さん、ロキさんの恋人だから些細《ささい》な変化にも気付いちゃうんだ……！

蒼依はふたりでいるところを数回見ただけだが、あの短時間でも仲の良さが窺えたのだ。

「え、えっと、手が冷たくて」

「……あ、そう？」

耀成が気遣わしげな顔でエアコンの温度を上げてくれる。

――やっぱり今入れ替わりを説明しても、事故でおかしくなったと思われるだけだ！

しかしこの調子だと、何をするにもずっと神経を尖《とが》らせていないといけない。

蒼依は部屋をちらちらと見回した。１ＬＤＫで、ふたりで暮らすのに充分な広さに見える。

――あそこがバスルーム？　その隣がトイレ……かな。あっちが……寝室……？

耀成とロキは恋人同士だし、一緒に寝るのかもしれない。

――どうしよう……！　ロキさんのふりをして一緒に寝るとか無理無理無理無理！

何ひとつ対処が思いつかないまま新たな懸念事項が浮かび、ぎゅっと目をつむる。

「ロキ、風呂に入って、今日は早く寝るか」

耀成の申し出に悲鳴を上げそうになったが、なんとか呑《の》み込んでこくりとうなずいた。

他人の身体を洗うというはじめての経験をして、入浴したのにどっと疲れてしまった。

細いながらも適度に筋肉のついた美しい裸体には感動したが、勝手にいろんなところをさわってごめんなさい、という気持ちにもなる。

バスルームから出ると、さっきまで座っていたソファーの座面が倒され、ベッドメイクされていた。

「ソファーベッドは準備したから、ロキはもう寝ろ。俺も風呂入ったらあっちの部屋に入る」

耀成が「あっち」と指したのは寝室とおぼしき部屋だ。

「寝るときにリビングの電気もぜんぶ消していいからな。ゆっくり休めよ。おやすみ」

入れ替わりでバスルームに入る耀成を「おやすみなさい」と見送る。

――……寝室が一緒じゃないんだ？

それとも、今日はひとりでゆっくり寝たいだろうという配慮だろうか。

蒼依は用意してもらった寝具にもぞもぞと横たわった。ソファーベッドに低反発マットレスが敷かれて、普通のベッドと遜色《そんしょく》なく寝心地がいい。

見慣れない天井。見慣れない部屋。とにかくずっと落ち着かなくて、昂《たかぶ》ったままで眠れそうにない。

――……どうして僕とロキさんが入れ替わっちゃったんだろう……。

物理的要因はきっと『車に撥ねられた蒼依がロキにぶつかったから』だが、なぜ入れ替わってしまったのか。

ロキから見た蒼依は『恋人の耀成がよく行くバーの店員』程度の認識のはず。でも蒼依から見たロキは『好きな人の、同棲中の恋人』だ。

ロキが耀成にキスをされる場面を目の当たりにして、うらやましいと思った。

事故の直前も、キスすら経験のない自分のはじめてが耀成だったらしあわせなのに……と想像し、ないものねだりをしたのだ。

——僕が櫂成さんを好きで、ロキさんのことをうらやましいって思ったから？

好きだけど、奪いたいと思ったわけじゃない。

ロキのふりをして櫂成に愛されても、なんの意味もない。望んだことではないけれど、うらやましいという思いが強かったために、この入れ替わりが発生してしまったなら。

——あきらめられるなんて言って、ぜんぜんあきらめられてなかった僕のせいってこと⁉

上掛けを頭からかぶって「ロキさん、ごめんなさい！」と、手を合わせた。

蒼依の謝罪にロキの声が返ってくるはずもなく、ため息をついて上掛けから顔を出す。

——どうしよう。どうやったら戻れるんだろう。寝て起きたら元に戻るかな。

ロキのスマホのアラーム時刻を確認すると、毎朝七時に鳴るようにセットされていた。

自分のものではないスマホを手にして、他人のプライバシーを覗くような罪悪感を覚える。

アルバムやＬＩＮＥやメールは必要になるまで開かないようにしよう——もし自分のスマホが他人の手に渡って中を見られたら、スクリーンショットやあらゆる履歴から嗜好《しこう》や性癖が露呈する。それはちょっと恥ずかしいと思うのだ。

スマホを枕の下に敷き込んで、すぐには眠れそうにないが目を閉じた。

この状態はいつまで続くのだろうか。『蒼依』が意識を取り戻したら、入れ替わりはとけるのだろうか。

どうか神様！　あした目が覚めたら元に戻っていますように！　――そう強く祈った。

しかし願いは虚《むな》しく、翌朝起きても蒼依はロキのままだった。

ぜんぶ夢であってほしかったが、夢でもない。絶望感でいっぱいだ。

朝から何をすればいいのか分からず戸惑う蒼依に、耀成はロキがまだ本調子じゃないと思ったようで「いいから座ってろ」と朝食を準備してくれた。

「どうする？　仕事。調子悪かったら寝ててもいいけど……合間をみて別の病院に行ってみるか？　きのうからちょっと様子が変だから、俺も気になるしさ」

様子が変に見えるのは中身がロキさんじゃないからだと思います、なんて言えない。

蒼依は「病院は……」と首を横に振った。身体に異常はなかったし、耀成は様子がおかしいロキを心配して、次は精神科など勧めてくるかもしれない。自分の身に何が起こっているのか分かっているからこそ、病院へは行きたくないのだ。

しかしこの部屋にいたところで何もできないし、入れ替わりの状況がいつまで続くのか分からない。今日の困難から逃げたところで明日もまた同じ問題に直面する。

――入れ替わりの責任はたぶん僕にあるんだ。ロキさんのことは可能な限り代わりに僕が対処しなきゃ。そうするうちに元に戻れるかもだし。

ロキと權成はともに『スパイダー探偵事務所』の調査員だ。カフェでの会話から二人体制で仕事をしているようだった。

いきなり蒼依にロキの代わりが務まるはずはないけれど、よしと覚悟を決めて、顔を上げた。何をすればいいか、何ができるか分からないが、ここから動かないと何も始まらない。

「一緒に行く」

昨日より背中の痛みが増したが打撲だから日にち薬だろうし、現状動けないほどではない。気合い充分で宣言した蒼依に、權成がまた眉を寄せた。いつものロキとはちがう言動を奇妙に思っているのかも、とどきどきしてしまう。

「ロキが行くって言うならいいけど……。途中でも無理そうだったら早めに言えよ」

やさしい權成の言葉に、蒼依はこくんとうなずいた。

「なんか調子狂うな。きのうからロキがしおらしいのも……別人みたいで」

別人とはっきり言われて、目を大きくしてしまう。

「え？　なんだよ」

「なんでも、ない……」

權成は訝《いぶか》しげに「そう」と返し、テレビをつけて「きのうの事故、ニュースになってるだろうな」と朝の情報番組を選んでいる。

――ロキさんのふりをしても、恋人の權成さんにはすぐにバレてしまいそう……。

入れ替わりなんて非現実的な現象を信じてもらえるなら、言えるものなら言ってしまいたい。

自身の欲のせいでとんでもない事態に巻き込んでしまったロキだけでなく、恋人をこんな目に遭わせている櫂成に対しても申し訳ないという思いでいっぱいだ。

――だから一日も早く元に戻れますように！

戻るためにはもう一度『蒼依』とぶつかるとか、大きな衝撃を互いの身体に与えなければいけないのだろうか。しかし『蒼依』は今病院にいるし、その状態でどうやってあの事故ほどの衝撃を起こせばいいのか。しかもそれで戻れる保証だってない。

きのうから、憶測することしかできず、具体的な解決策も見いだせないから最後は祈るしかない、の繰り返しだ。でも留まらず動くことで、前進も好転もしない現状を打破するヒントがどこかで見つかるかもしれない。

まずは腹ごしらえだと気持ちを切り替えて、食パンにかじりついた。


九時少し前、朝食のあと櫂成に連れられてきたのは、ふたりが暮らすマンションから徒歩十分ほどのところにあるビルの二階、『スパイダー探偵事務所』だ。

事務所の入口に、糸の先に蜘蛛《くも》が垂れ下がったデザインの黒い看板がかかっている。

探偵といえば、テレビで見るような推理で事件を解決する名探偵が最初に頭に浮かぶ……という程度の浅い知識しかない。

耀成に続いて中に入るとセミロングの三十代とおぼしき女性がひとりいて、ふたりに向かって「おはようございます」と挨拶をくれた。挨拶を返す耀成に倣って、蒼依も会釈する。

「耀成さん、頬のところ、どうしたんですか?」

女性がそう問いかけ、耀成が「ガラスの破片で切れた。たいした傷じゃない。あぁそうだ咲《さく》良《ら》さん、きのうの夕方俺とロキが事故に巻き込まれてさ」と昨晩の件を話し始めた。

――サクラさん、っていうのか。サクラは名字? 名前? 事務の人かな。

耀成との会話でそう推測する。

咲良ひとりだけデスクの島が離れていて、あとは壁側にマルチモニターのパソコンが備え付けられている横長のデスクと、この探偵事務所のボスが座るとおぼしき大きめのデスク、作業用なのか広めのデスクがひとつ、そして応接用のソファーセット、という位置関係だ。

他にも黒いスチール製の整理棚や書類ラックの並び、その横にスタッフルーム、給湯室と続き、事務所自体はそんなに広くない。

「ロキ、きのう撮った写真、パソコンのモニターに出してくれ」

ぼーっと見回していたら耀成からそう声をかけられた。

「写真……」

さっそくなんの話か分からない。写真はスマホで撮るのだろうか。

ポケットを探ってもぞもぞしていたら、擢成から「カメラ、そっちのバッグに入ってるだろ」とロキの斜め掛けのバッグを指される。事故当時、このバッグは擢成側に置かれていたおかげで無傷だったときのう話していた。

「買ったばっかのミラーレス一眼が無事でよかったよな」

蒼依は「あ……あぁ……」とごまかしながらバッグを探った。

カメラと望遠レンズが出てきたが、操作方法なんててんで分からない。電源のオンオフくらいは察しがついても、「えっと……これどうやるんだろ」とあわあわとするだけだ。

とりあえずマルチモニターのパソコンも顔認証でロック画面の解除に成功してほっとする。

――でもスマホにしてもパソコンにしても、いずれパスワードの入力が必要に……。

パソコンは無事起動してくれたが、今度はカメラの記録媒体のカードを挿すタイプなのか、USB接続なのか、Bluetooth接続なのかがぱっと分からない。

「つなぎ方……取説はどこ……」

「え？　それも忘れたのか？」

気付けばすぐ傍に擢成が立っていた。擢成は不可解そうな顔で蒼依の手からカメラを取ると操作して、Wi-Fiでパソコンにつなぎ、モニターにサムネイルを表示させる。

「あ……あぁ、Wi-Fi……」

「ロキ……やっぱり、事故の影響でだいぶ記憶が欠落してないか？」

櫂成は眉根を寄せている。蒼依は彼から目を逸らした。

「自分の名前や誕生日……はきのうも病院で言えてたよな。彼女の名前、フルネームは？」

櫂成が咲良を指して問いかける。咲良は「大丈夫ですか？」と心配そうだ。

「サクラ……さん……」

はじめて会うのだから、それ以上は分かるはずがない。

「彼女は富田《とみた》咲良さん。何時から何時までうちで働いてもらってる？　お子さんは何人？　俺たちが現在調査中の案件は？」

「…………」

何ひとつ答えられず俯《うつむ》く蒼依に櫂成が大きなため息をつくと、傍の椅子を持ってきて座った。

櫂成から取り調べの刑事みたいな視線を向けられている。すべて曝《あば》かれそうな鋭い眼光に、身が縮む思いだ。

「彼女は九時から十五時までの勤務で、経理と事務を担当してる。小学生のお子さんがひとり。ロキ、他にも忘れてることがあるんじゃないのか？」

蒼依は口を噤《つぐ》むしかない。ロキの代わりになんとか対処しようだなんて、心意気だけでは無理に決まっている。簡単に考えていたつもりはなかったが、とにかく自分ができることを探してどうにかしなきゃいけないとの一心だったのだ。

「思い出せないことが多くて怖いのは分かるよ。それにおまえ、きのうからちょっといろいろ変だ。やっぱ病院行こう。きのうの病院か、どこか別の……」

険しい顔つきでロキを心配し、今すぐにでもというようにスマホで電話をかけようとする耀成を、蒼依は「待ってください！」ととめた。

「……ロキは、俺に『待ってください』なんて言い方しない」

耀成だけじゃなく、咲良も訝しがる目で見てくる。

ふたりから向けられる追及のまなざしに、崖《がけ》の間際まで追い詰められた心地だ。

もうだめだ。たとえ入れ替わりを信じてもらえなくても、自分が分かっている範囲で話すしかない。

「……僕は、真野蒼依です。耀成さんが行きつけのバーの、バーテンダーです」

耀成は「何言ってるんだ」と目を丸くしている。

「あの事故の衝撃でロキさんの身体に僕が入って、病院でまだ意識を取り戻せてない僕の身体にたぶんロキさんが入ってる……んじゃないかと」

表情をなくして押し黙る耀成と咲良に、蒼依は「信じられないでしょうけど、ほんとなんです！」と訴えた。

「事故の直後に、気付いたらこうなってて。翌朝目が覚めたら元に戻ってたらいいなって思ったけど変わらなかった。僕もなんでこんなことが起こってるのか分かんなくて、どうしたらいいか……。中身が入れ替わってるなんて突飛すぎて、病院でこれ以上検査してもらっても何も解決しないどころか、事故のせいで頭がおかしくなったと思われるだけで」

急にべらべら喋りだした蒼依の両腕を櫂成が摑み、「いったん落ち着け」と覗き込んでくる。

「でも……ほんとなんです。信じて……」

信じてもらえなかったらどうなるのか。やっぱり病院へ連れて行かれるのかもしれない。自分の言うことを誰にも信じてもらえないなんてこわすぎる。

咲良は「解離性同一症、つまり多重人格障害を入れ替わりとかんちがいしてるとか」と、入れ替わりより現実的な推測を口にした。

「ロキは多重人格じゃなかったぞ」

「僕だって多重人格じゃないです。でも、それをどうやって証明したらいいのか……」

腕を組んで「うーん」と唸る櫂成を、祈るような気持ちでじっと見た。

「ロキじゃなくて、アオイくん？　ほんとに？」

眉間《みけん》に皺《しわ》を寄せた櫂成に「その証拠は？」と立て続けに問われる。

「病院でロキさんの名前と誕生日を言えたのは、財布の中の免許証とか見たからで、他は何も知りません。僕についてきのうマスターが話してたこと以外だと……出身は福岡《ふくおか》です。東京へ出て来たのは十二月二日。マスターの知り合いに紹介してもらったアパートは大塚《おおつか》です」

蒼依の話を聞いて、櫂成がひとつため息をついた。

それからスマホを取りだし、どこかへ電話をかけ始める。

「あ、マスター？　きのうはお疲れさま。つかぬことをお伺いしますけど、アオイくんってどちらの出身ですか？　……あぁ、福岡なんだ。そっか。あ、いえ、きのうの事故のニュースの話から、なんとなく彼の身の上が気になって」

　櫂成は不自然な質問を最後はなんとかごまかして通話を終えた。

「さすがにアオイくんのアパートはどこですか、なんて不審な質問をマスターにできない」

「僕がアパートまで案内できます。あ、でも部屋の鍵《かぎ》はたぶん病院にあるバッグの中だ……。でも嘘なんかじゃないんです。僕は真野蒼依なんです！」

　櫂成は沈黙し、咲良は険しい顔で嘆息する。しかしふたりがすぐに信じてくれないのは当然だ。蒼依自身ですら、これは夢なのかも、夢であってほしいと思う。

「超常現象とか超能力とか、俺は信じないタイプなんだわ。幽霊が見えるっていう霊能力者も、宇宙人やＵＦＯを見たと騒ぐやつも、嘘くさいと思ってる」

「僕も霊感とかないです」

「でもこうして話してると、たしかに見た目はロキだけど、ロキじゃない。事故直後から受け答えひとつとっても違和感はあった。今日だって、歩き方とか、俺への返しとか、俺の知ってるロキとはちがうなって。でも事故のあとだから、その影響なのかと思ってた」

「事故の影響は、背中がちょっと痛いってことだけです」

「きみがアオイくんだと信じられるほど俺はアオイくんを知らないから、そこは感じ取ることができないな」

しかたない。バーの店員と客、それもここ二カ月くらいの間に何度か会っただけだ。入れ替わりを証明するのは難しい。『蒼依』の意識が戻って、『蒼依』の中のロキが話してくれたら、それがかなうかもしれないが。

「とはいえ……アオイくんの出身地はたしかにロキと俺が知り得なかった情報だし、きみの言うことがもしぜんぶ嘘だったとしても、現状誰にもメリットがない。入れ替わりなんて突拍子もないが、きみが嘘をつく必要もない。だからきみは真実を述べている、と思う」

耀成は自身でうなずきながら状況を分析している。

「俺はロキとは幼なじみで、家族より長く一緒にいるんだ。ロキのことはたぶん誰より知ってる。きみはロキじゃない。それだけははっきりと分かる」

昨晩も些細な齟齬《そご》に気付いていた。恋人だからこそ、きっと、誰よりもロキを知る男だ。

「どうやったら元に戻るか分からないんです。元に戻るまでただじっとしているわけにいかないし、せめて、ロキさんの代わりにお仕事を手伝わせてください。お願いします」

泣きそうになりながら必死に訴え、頭をさげると、耀成が組んでいた腕をといて「……そうだな」とうなずいた。

「きみはロキじゃなくて真野蒼依――信じるよ。何かおおごとになる前にちゃんと話してくれて、ありがとう。きのうからひとりでいろいろ考えて不安だったろ」

やさしく思いやりを感じる耀成の言葉がうれしいのとほっとしたのとで、蒼依はとうとう「すみません」と泣きだした。

「あ〜、泣くな泣くな。ロキの顔で泣かれるとなんか、うわってなる」

困惑する耀成に、何度も「すみません」と繰り返す。

「どうしたらいいか分からなくて、ひとりで不安だったので。僕はロキさんじゃないって話したいけど、分かってもらいたいけど、信じてもらえなかったら……って思うとこわくて言えなかったんです。ごめんなさい」

咲良がティッシュを箱ごとこちらに寄越《よこ》し、「わたしも信じますよ」とほほえんでくれた。

「謝らなくていい。あの事故はきみのせいじゃないんだし。ここはもともと守秘義務のある探偵事務所だ。このことは俺たち三人だけの極秘事項ってことで、他言しない」

耀成の宣言に、咲良も「わたしも、秘密は守ります」と大きくうなずいてくれる。

「耀成さんも、咲良さんも、ありがとうございます」

信じてもらえてよかった。

——入れ替わりがとけるまで、ロキさんの代わりに僕がやれることをやろう。

ひとりであれこれ途方もないことを考えていたが、いっぺんにふたりも味方ができて、少し心が軽くなった気がした。

□　3　□

久住《くずみ》櫂成《かいせい》と露木《つゆき》雅尚《まさなお》はともに二十九歳。この『スパイダー探偵事務所』の調査員、つまり探偵で、バディらしい。もともとは櫂成の伯父が始めた調査会社だが、その伯父が亡くなり、櫂成が『スパイダー探偵事務所』を継いだそうだ。

蒼依《あおい》はロキと入れ替わっていることを事務所内で共有したその日から、ロキの代わりを務めることになった。

『スパイダー探偵事務所』の主な依頼内容は『浮気調査・婚前調査・素行調査・家出人捜し』。

推理で事件を解決する探偵ではないことにほっとしたが、「現実では公安に届け出ているまともな探偵は刑事事件に絡まない」と一刀両断された。

「俺が依頼人から電話やメール、対面で相談を受けたら、依頼内容に基づいて調査計画を立て、見積もりを提示し、契約を結ぶ。そしてロキと調査開始。写真や映像などの証拠を集め、裁判や調停で有効となる証拠書類と調査報告書をつくる――というのが主な仕事だ」

探偵事務所の真ん中にある応接セットのソファーに向かいあうかたちで、仕事内容について擢成が説明してくれる。蒼依は真剣なまなざしで「はい」とうなずいた。

自分の声じゃないこと、目線がいつもより高いことなど最初に感じていたような強い違和感は、順応したのかだんだん気にならなくなった。というより、そこに囚われている場合でもないというのが現状だ。

「ちなみにロキは画像と動画の編集、証拠書類の作成を担当してた。パソコンのソフトを使って画像を鮮明にするとか、蒼依くんはできる？　俺はそっちのほうはてんでダメなんだよ」

ロキは裏方的役割が大きいようだ。ふたりでそういうふうに作業を分担していたのだろう。

「高校時代にダンス動画をつくって、それを編集したくらいで。その当時に画像の編集も少しだけ……。スマホの写真加工アプリだったら使い慣れてるんですけど」

とはいっても、無料のアプリで行うお遊びの加工だ。探偵の仕事で役立てるとは思えない。

「スマホアプリとパソコンソフトなんてたいして変わんないだろ」

「仕様から何からぜんぜんちがいます。ロキさんがパソコンでやってたってことは、たぶんレベルとかトーンカーブとか解像度とか他にもいろいろ調整してたんだと思うし」

蒼依の説明に擢成が「ん？」とフリーズしている。

「俺は蒼依くんが言ってることがなんとな～くは分かるがどうすればいいのかはまったく分からない……ってくらいに分からない」

横から咲良《さくら》さんが「ようするに、擢成さんよりよっぽど蒼依くんのほうが詳しそう、ってことね」とフォローが入り、櫂成が「そういうことだ」となぜか威張ってうなずいた。

「でも、パソコンで画像編集をやったの四年くらい前だし、思い出せるかな……」

「実際にさわってみるといい」

そこでサンプルとなる『暗く映っている写真』を「試しにやってみて」と櫂成から指示された。これで自分がロキの代役として使えるかどうか腕試しされるのかと思うと緊張する。

最新のソフトで画像処理をするといっても、やることは基本的にはむかしから変わらないはずだ。手こずりはしたが、なんとか最初の状態より見やすい画像に加工できた。

「お……おお、いいじゃん」

櫂成が蒼依の肩に腕をのせて「これだけできたらいいと思う」とすぐ傍でうなずくからぎょっとする。

「あぁ、そうか。ついロキにする感覚で。失礼」

櫂成から見たら自分はロキなのだから、うっかりするのも無理はない。

ふたりのナチュラルな距離の近さと親密さにどきっとさせられ、うらやましくもある。

「トーンとレベルをちょっと弄《いじ》っただけです。人物に絞って加工するとかは、ネットでHOW-TO動画とか見ればなんとかなるのかな……分かんないですけど……」

これくらいなら素人でもできる範囲の画像処理だ。

「俺からしたら先生の域だぞ。大丈夫。こっち方面は蒼依くんに任せる」

肩をぽんと軽く叩《たた》かれ、いきなり重要な役割を仰せつかってしまった。

――こんなんでいいの？　不安しかないんだけど……！

それから櫂成は「分かった、こうしよう」とホワイトボードに役割分担を書き記した。

「俺はこれまでどおりの仕事をするのにプラスして、ロキがやってくれていた証拠書類と、すべての調査報告書の作成を行う。蒼依くんには、証拠能力の高い画像や映像の編集をやってもらう――ってことでどうだろう」

「ぼ、僕が、証拠の画像を……」

そんなだいじな部分を、高校時代に経験した程度のスキルしかない自分が担っていいのだろうか。不安だがあとはもう自力で調べるなりして、画像処理について勉強するしかない。

櫂成が「俺より蒼依くんのほうが捌ける。間違いない」と親指を立てるうしろで、咲良も大きくうなずいた。

「俺だって適当に言ってるわけじゃない。証拠写真は外注に出せないからな。見たところ、この出来なら、やれる。任せられる。ロキの代わりに頼むな」

あまりにとんとん拍子に進むから、逆に「ほんとに大丈夫？」と思っていたが。

「……ほんとですか。役に立てるようでよかった」

ただ櫂成の仕事をサポートするだけじゃなく、ロキの代わりとして自分にもできることがあった――そのことに蒼依は心からほっとした。頼りにしてもらえるならなんとか報いたい。

これまでひとりぽつんと暗闇にいるような不安しかなかったけれど、そこに小さな光がさした気がした。

探偵としてだいじなのは、画像処理よりも現場での調査、証拠となる写真や動画を撮るスキルのほうだ。

口で説明するより現場を経験したほうが早いということで、その日の午後、さっそく浮気調査のため、耀成とふたりで調査対象者の職場へ向かった。

「依頼人は三十五歳・女性。『マルタイ』つまり調査対象者はその夫で四十歳。マルタイと接触する不倫相手のことは『ニタイ』と呼ぶ。奥さんからの情報では不倫相手は一人だったんだが、調べたところニタイの他にも女がいた。三人目の登場人物だから『サンタイ』と呼ぶ」

現在、耀成が運転する車で張り込み中だ。対象者が勤務している会社の近くに駐車している。

「不倫相手が二人……」

「しかしまだどちらも強い証拠を押さえきれてないんだ。やたら警戒してホテルにばらばらに入って行く。一緒に出入りするところを撮らないと」

この案件のように登場人物が複数いたり、途中で彼らが別行動するなど調査中どうしても二手に分かれる必要があるとき、ロキは普通二輪免許が必要なバイクを運転するらしい。

「地元で車の普通運転免許を取って、ときどき仕事で運転もしてたけど、バイクに乗ったことがないです」

「ロキの身体だし、バイクだって乗れないもんなのかな」

　櫂成は簡単に言ってくれるが、経験のないことを他人の身体でできるとは思えない。櫂成はまだ中身が蒼依ということより、ロキの身体だということに意識が行くらしい。

「……無理だと思います……すみません。想像するだけでこわいです」

「でも車を運転できるのはでかいよ。事務所には軽自動車も一台ある。蒼依くんが車を運転してくれたら、俺がバイクに乗れるしね」

　櫂成は案外と豪傑みたいだ。最初こそ入れ替わりを不審がって用心深そうだったが、現実として受け入れたあとは「なんとかなるだろ」という多少の楽観的気構えが窺《うかが》える。でも無責任なかんじではなく前向きで、「彼についていけば大丈夫」と思わせる強さだ。

　――そのおかげで、僕は不安に思ったりくよくよする暇もない。

　櫂成のからりとしたキャラに引きずられて、とにかく今は前を向くしかないという気持ちになれた。

「マルタイが出てきた。あの黒いトレンチコートの男だ」

　女性二人と浮気している男。いかにも遊び人風情なのとちがい、身なりの整った紳士で、仕事ができそうなかんじだ。

「そういうだらしがない人物には見えないです……」

「蒼依くんは純粋だな。まさかあの人が、ってことはよくあるだろ」

人は見た目では分からない。恋愛の場数を踏んでいないから「僕みたいなのがああいうタイプに騙されるんだろうな。気をつけよう」とひそかに教訓を得た。

櫂成は「一月三十一日、十六時十分、マルタイが職場を出る」とボイスレコーダーに録音し、調査対象者が乗った車が出てくるのを待つ。蒼依もなんとなく息をひそめてどきどきした。

対象車を追って、ふたりが乗った車も移動を開始する。

「マルタイの車との間に他の車両を二台かませる」

「信号とかで見失わないんですか？」

「車を見失ったとしても、二十日間ほど継続している浮気調査だから行き先はだいたい絞られてる。男は会社役員、女は生保の保険外交員だ。こっちも既婚者、つまりダブル不倫。まだ勤務時間中のはずだから、今日は女の職場近くのバス停付近で拾うパターンかな」

櫂成が言ったとおり、対象者の車がバス停の手前で停止した。

「蒼依、女が車に乗り込む瞬間を撮ってみろ」

「えっ！」

名前を呼び捨てにされた、という歓《よろこ》びに浸る間もなく櫂成に「早く」と急《せ》かされ、慌ててカメラの電源をオンにして構えた。

探偵事務所で、基本のカメラの構え方や撮り方は教わった。車からシャッターチャンスを狙《ねら》うときと、歩きで撮るときは構え方が異なる。

「あ、女の人が、こ、こっち見ましたけど、こんな堂々と『撮ってます』ってかんじでカメラを構えて気付かれないいんですかっ？」

「大丈夫だ。向こうからはこっちは見えてない。ただしフラッシュはオフのままだぞ。慣れないうちは焦らず連写しろ」

指示通りなんとか撮ったつもりだったが、画像を確認してみると女性より手前の立て看板にフォーカスがずれ、ピントがうまく合っていない。さらに車のナンバーが画面から切れている。

「ああ、どうしようっ！　耀成さん、何もかも失敗してますっ！」

「慌てるな。俺も同時に撮ってる」

いつの間に出したのか、耀成の手元にもカメラが握られていて、蒼依は「はぁ……なんだ、よかった」と大きなため息をついた。

「反省点が自分でもいろいろ分かっただろ？」

たしかに、実践で学んだほうが早い。

対象者と女性が乗った車を、耀成と蒼依も追いかける。

「旦那《だんな》さんの車に女性が乗った写真は、証拠にならないいんですか？」

「グレーではあるけど、不貞の証拠にはならない。ドライブしただけ、食事しただけっていう言い訳ができるからな。ラブホテルや相手の部屋にふたり同時に出入りする瞬間とか、キス写とか、決定的じゃないと」

たしかにキス写だったら言い逃れの余地がなくインパクト大だ。

――恋人のキス写なんて見せられたら、僕なんかどうなっちゃうんだろ。

頬《ほお》にキスを目撃したときでさえ、頭を鈍器で殴られたような衝撃だったのだ。恋愛経験がないから浮気されたこともないが、インパクトが強烈すぎて寝込んでしまうかもしれない。

「でもただのデートであっても、不貞の継続を証明するためにひとつずつ証拠を積み上げる。地味で根気のいる仕事なんだ。だから残念ながら蒼依くんが思ってたような、名探偵ナントカみたいに派手な活躍はしません」

笑みを浮かべて運転する櫂成の横顔を見る。きのうまでバーテンダーと客でしかなかったのに、櫂成が運転する車の助手席にいるのが不思議だ。でもそれは『ロキとして』だけど。

今頃ロキは『蒼依』の中で眠っているのだろうか。

「……僕の本体の中にいるはずのロキさん……大丈夫かな……」

痛かったり、苦しくなければいいが。自分は不調ひとつないが、ロキの容態が心配だ。

「俺も気になってるが、面会できるようになったら連絡してほしいってマスターには頼んであるから、待つしかないな。マスターは、俺とロキが事故現場に居合わせたからアオイくんのことを心配してるって思ってる」

『蒼依』が無事ならば中にいるロキも無事なはず、と信じるしかない。

「ロキさんが僕の中でただ眠ってるってかんじで、苦しんでなかったらいいんですけど……」

ロキを想うその言葉に、櫂成が目を瞬《しばたた》かせる。蒼依が「?」と目で問うと、櫂成は複雑な表情で笑みを浮かべた。

「いや……うん、俺の知ってるロキじゃないって、あらためて感じるというか。喋り方とか、表情とか、助手席にいるときの佇《たたず》まいも。そんなふうに脚を揃《そろ》えて座ってんのも超違和感」

ロキだったら、窓枠に肘《ひじ》をついたり、脚を組むのかもしれない。

「でもなんで、ふたりが入れ替わったんだろうな？　蒼依くんがロキの背中にぶつかった衝撃がトリガーになってるってことは推測できるけどさ」

櫂成は疑問に思っているようだが、蒼依はなんとなく察しがついている。

一瞬だけでもいいから櫂成の恋人であるロキになれたらと思ったから――それが憶測の域を出ないからだけじゃなく、彼には言えない。

――だって櫂成さんの恋人をこんな目に遭わせてしまってるんだし、僕がロキさんをうらやましいって思った理由……櫂成さんを好きだからっていうのも説明しなきゃいけなくなる。

こんなこと、言えるわけがない。

「いつも女をそこのコンビニで降ろして、男は車でその先のラブホに入る」

ひとりであれこれ考えていたところで、櫂成の声で我に返った。

　櫂成が言うとおり、対象者の車から女性だけ降りると、コンビニへ入っていく。櫂成と蒼依はコンビニ前に停車している対象者の車を追い抜き、直進した。

「今日はふたりの写真を必ず押さえてやる」

「えっ……どうやって？」

「先回りして、ラブホの中で撮るんだよ」

「ラブホの中でっ？」

　ますます「どうやって？」と疑問でいっぱいだ。

　実際にラブホに入ったことさえないが、どういうものかくらいは知っている。普通のホテルとちがってロビーは狭く、客として紛れ込むなどのごまかしが利かなさそうだ。

　ふたりはラブホテルの地下駐車場へ入り、適当なところに駐車した。

「蒼依、さっそくミッションだ」

　緊張が走る。櫂成に指示されるとおりにやるしかない。

「俺はラブホのロビーでツレを待つふりをして撮るチャンスを狙う。蒼依はマルタイの車がここに停車し、男がフロント入口に向かったら俺に『入った』ってＬＩＮＥしてくれ」

　変装のためのスクエアフレームのメガネをかけながら早口で説明され、櫂成は「不自然だから待機中は運転席に座ってて。マルタイを凝視するなよ。よろしく」と車を出て行った。

　蒼依はどきどきしながら、さっきまで櫂成が座っていた運転席に横移動する。

それから数分で対象者が乗った車が地下駐車場に現れ、少し離れたところに停車した。息を殺して緊張する。男が車を降り『フロント入口』と記された扉からラブホテル内に入ったのを見届け、櫂成に指示されたとおりにＬＩＮＥを送った。すぐに既読がつく。

そうして数分後には、櫂成が車に戻ってきた。

「撮れた」

驚く蒼依に「カメラだから落とすなよ」と櫂成が渡したのは、車のキーレスキーのかたちをした小型カメラだ。撮れたと聞いて、興奮でかっと身体が熱くなった。

「出てくる瞬間も撮りたいが、さすがに同じ手は使えない。ここに居座るわけにもいかないから移動するぞ」

それから地下駐車場を出て、ホテル近くの脇道に車を停めた。

ぱっと見はカメラには見えない探偵らしい小道具にテンションが上がる。

「カメラのレンズどこ……あ、この電波が出るっぽいところ？」

「そう。ドアロックのボタンがシャッターだ。スマホを見てるふりして、もう片方の手をポケットに突っ込んだままスパイカメラで撮る。解像度は低いが近付いて撮るなら充分だ」

櫂成のダウンコートの外ポケットに穴があいている。そんなところから撮影したらしい。

スパイカメラで撮れた画像を、櫂成がスマホに転送して見せてくれた。たしかにしっかりとふたりの姿が撮れている。

「すごい……被写体を見ずに感覚だけで撮るってことですよね」

「被写体を見ないで撮るのが基本だ。バイトしてた頃も含めて十年やってりゃな」

対象者ふたりが部屋を選んでいる姿と、エレベーターに乗り込む瞬間も連続で、べったりと身体をくっつけてほほえみあうところなど生々しい。

「こういうとき『撮れた。やった！』って喜んでいいのかな……」

隠し撮りを見ると気は引けるが、櫂成が「撮れた」と戻ってきた瞬間は自分も高揚したのだ。でもこの報告を受けることになる依頼人の気持ちを考えると喜べない。プライバシーを曝《あば》くわけだし、ターゲットとなったこのふたりからは恨みを買いそうな気もする。

「秘密を曝く背徳感で高揚するのは人の性《さが》だ。綺麗事《きれいごと》を言う気はないよ。それに俺たちは依頼人のしあわせのために真実を伝えなきゃいけない。だから調査対象者に同情しない」

櫂成は本音を包み隠さず、きっぱりそう言いきった。

「依頼人の、しあわせ？　旦那さんが浮気してるのに？」

櫂成の言うことが理解できず、蒼依は眉を寄せた。

「浮気調査の場合、ほとんどの依頼人は裁判や調停で有利になるために、不貞の証拠を摑みたくて探偵を頼る。『浮気されてる気がする』って依頼もたまにあるけど、それだって事実を確認してどう出るか考えるための判断材料が欲しいからだ。夫婦関係を続けるにしても別れるにしても、依頼人がしあわせになるための選択を俺は手助けしたい」

結果的に依頼人のしあわせにつながるはずと信じて調査を行っている――櫂成の探偵としての存在意義と使命感に、蒼依は「そっか……」と納得した。

「依頼人のためだなんて『綺麗事を言うな。プライバシーを曝くゲス野郎』って思う人もいるだろうけどな。でも、信頼している人の愛を疑う時間は、本当につらいものだ。その苦しみに囚われることから解放されなきゃ、しあわせになれない」

櫂成の最後の言葉に、彼自身の気持ちが籠もっている気がして、蒼依はじっと窺った。その視線を感じた櫂成が、ため息をつくように笑う。

「俺自身も、そういう気持ちを経験したことがあるから」

「……浮気されたんですか？」

「うん。結婚はしてなかったけど、昔つきあってた彼女に。なんとなく『最近変だなぁ』って感じることがあって、一度疑い始めると確かめずにはいられなくなって。俺自身がこういう仕事をしてるから、ついね、探偵目線で調べてしまった」

「探偵として、追及したんですか？」

「そう。写真を撮って。動かぬ証拠を押さえましたってかんじの。普通の人はそこまでしないだろ？　俺もいやな思いをしたけど、相手にもとてもいやな思いをさせて傷つけた。信頼関係なんて一瞬で木っ端微塵《みじん》。最悪の別れ方だったよ」

苦い思い出話をする櫂成に蒼依は何も返せず、ただうなずくことしかできない。

耀成の気持ちも分かるけれど、浮気していた彼女も悪いとはいえ、そんな突きつけられ方をされたら人を信じられなくなりそうだ。

「そのあと、人と向き合って恋愛するのがこわくなった。相手じゃなくて、自分のことがね。俺は嘘《うそ》をつかれてるな〜とか、浮気されてるかも〜って気付いたら、次は証拠写真を突きつけるまではしなくても、やっぱり真実を確かめるために調べたくなると思うんだよね。そのあとしばらくワンナイトのほうが気楽でいられたけど……それはそれでどうかとも思う」

ワンナイトを公言していたという話はマスターからも聞いていたので、恋愛で失敗した経験をいっとき引きずっていたのかもしれない。そんな経験があって今、耀成がロキと恋愛できているのは、幼なじみで、同業者で、お互いが誰よりも深く分かりあえるからなのだろう。

あらためて、出会って二カ月程度の自分などかなわないのだと思い知る。

——いいな。やっぱりロキさんがうらやましいよ。僕はどうやったってそのポジションには行けないもの。

かなうわけがないのに、ないものねだりをしてしまった結果が、この入れ替わりだ。

「蒼依くんは、彼氏はいないの？」

耀成に訊《き》かれて、「いないです」と答えた。バーで働いているときはお客さんの前で昔のことまで明かさないけれど、耀成には話したい。

「……今いないんじゃなくて、つきあったことがなくて。福岡《ふくおか》の田舎町で育ったんですけど、周りにゲイの子はいなかったし」

　蒼依が隠していたように、本当は近くにいたのかもしれないが。

「それもあって、東京《とうきょう》に？」

「はい。地元にいるより、可能性があるかなって。母子家庭で、母が亡くなったら、田舎に留まる意味もなくなったし。友だちと遊ぶことはあっても、だんだんみんな彼女とかできはじめて、このままじゃ僕いつかひとりになっちゃうなぁって、老後が不安だなぁとか」

「老後！　蒼依くん、二十一だよね？」

　櫂成は笑っているが、今二十一歳でも、家と仕事の往復で一日が終わってしまう日々だったのだ。三年後もひとりぼっちの自分が容易に想像できて、焦りが大きくなった。

「介護福祉士の資格を持ってたんで、高校卒業してから上京するまで、老人介護施設で働いてました。だから人一倍、老後のこと考えちゃったのはあるかな」

「あぁ……なるほど」

「仕事はきらいではなかったけど、高校のときに取得できた資格で就職したってかんじで、どうしてもやりたかった仕事かと訊かれたら、そうじゃなかった。だったら、生きやすい場所で自分がやりたいことを探すほうがいい。僕はいっとき、僕のために生きてもいいんじゃないかなと思って上京を決意したんです」

　時間は有限で、案外短い。

ある日突然、あるいは短い余命を告げられることもあると、身近な人の傍で知り、命も若さも儚《はかな》いものだと感じたのだ。だから自分ができなかったことを、あとから『何かのせい』にしたくなってしまいそうな、そんな人生はいやだと思った。変えたかった。

「それで実際に来てみて、東京はどう？　やっていけそう？」

「なんとかやれそうかなって思ってた矢先にこんなことになって。でも『東京イコールこわい』ってイメージだったけど、マスターも、櫂成さんも、出会ったのがやさしい人たちばかりで、感謝してます」

上京を後悔したことはない。それは本当に周りのおかげだと思う。自分ひとりだったら、最初の店選びから失敗していたし、今頃どうなっていただろうか。

「蒼依くんが素直ないい子だからだよ。自分の足でちゃんと立って、がんばりたいっていう気持ちが周りを動かすんだ。ただラッキーにのっかってるわけじゃないのは、俺にも伝わる」

櫂成があたたかくやさしいまなざしでこちらを見つめていて、蒼依ははにかんだ。

「安定した生活、住み慣れた町から飛び出すのは勇気がいっただろうけど、自分のために行動できたのはえらい。素敵な彼氏ができるといいな。そのためにも、早く元に戻んないとな」

櫂成は蒼依のしあわせをかなえてくれる人ではなく、祈ってくれるだけ。しかたない。

だから内心では少し切なかったけれど、笑みを浮かべて「はい」とうなずいた。

それから調査対象者がホテルを出るまでおよそ二時間。櫂成が言うとおり待ち時間が多くて根気のいる仕事だ。

チェックアウトを予測して地下駐車場に再び戻り、車中で待機していると、この日は調査対象者ふたりが一緒に車に乗り込んだ。

「一緒に出てくるのは珍しい。ラッキーだ。ふたりとも既婚者だから今日は時間がないのかも。油断してるんだろう。不倫に慣れてくるとこういう隙《すき》ができる」

櫂成が運転席から調査対象者ふたりを連写するのを、蒼依は息をひそめて見守る。

驚いたのは、男は女性を駅前で降ろしたあと、そのまま別の愛人宅へ向かったことだ。

「サンタイのお目見えだ。こっちはシングル、職業は看護師」

ちょうど夕飯時だからか、今度は若い女性と手をつないでマンションを出ると、徒歩で近くの飲食店に入って行った。櫂成はその姿も抜かりなくカメラに収める。

「女を梯子《はしご》しないといけなくて今日は焦ってたわけか。それにしても元気だねぇ……」

櫂成は今度はメガネではなくニット帽をかぶり、アウターを別のコートに替えた。そしてふたりでその飲食店へ向かう。

店内ではターゲットが見える位置に座り、櫂成がスマートウォッチ型のスパイカメラでふたりの様子を撮った。調査対象者と同じ空間にいると思うと、車で追うよりもどきどきする。

「看護師は日によって夜勤日勤があるから、時間をやりくりして会ってるんだろうな。男はこういうときも指輪を外さない。だから女のほうも、相手が既婚者だと分かってる」

「白衣の天使のイメージが……」

看護師全員が不倫しているわけじゃないし、聖職者だけが清廉潔白でいなければならないことはないけど、見たくないものを見てしまった気持ちになる。

「あの男性にお子さんはいらっしゃるんですか」

「いるよ。三歳の女の子。だから養育費もがっちり押さえられる証拠を摑んでやるって意気込んでる。俺たちは依頼人の味方でいたい」

燿成のその考えに、蒼依も強く同意してうなずいた。

食事を終えてふたりが店を出る前に、燿成と蒼依はマンションに先回りした。揃ってマンションへ入る姿を撮るためだ。

「蒼依、撮ってみろ。俺も別の方向から撮るから、大丈夫だ。緊張するな」

燿成の指示で、手元のカメラを構える。ピントの合わせ方は練習した。

目論見《もくろみ》どおりの写真が撮れたあとも、再び男がマンションから出てくるのを待ち、何食わぬ顔で帰宅するまでを確認して、その日の調査は終了した。

燿成と一度探偵事務所へ戻り、自宅へ帰れたのは二十三時近くだ。

「いつも朝からこんな遅くまで働いてるんですか？」

「依頼によってまちまちだな。交代で寝ながら夜通し張り込むこともある。依頼人から『午後から外出するはずだから尾行してほしい』と連絡がきて急行することもあるし」

時間が不規則で、寝不足だったり、へとへとに疲れることもあるだろう。

「だから櫂成さん、アルコールの加減が分からず飲みすぎて寝ちゃったりするんですね」

「強くないのに、お酒を飲んで人と話したりするのは好きなんだよな。手っ取り早くストレス発散になるし」

櫂成は話しながら、てきぱきと風呂の準備をしてくれている。

「蒼依くんもいきなり長時間の尾行と張り込みで疲れたろ。未経験なのにがんばったな」

「櫂成さんのことも仕事のことも少し知れて、おもしろかった……っていう感想は不謹慎かもしれないけど」

どきどきしながらターゲットを見定め、証拠を摑んだ瞬間に高揚する感覚は、蒼依がこれまでに経験したことのないものだった。

「俺が探偵業に足を突っ込んだときも、そんなふうに感じたし、思ったよ。でもこれが仕事なんだから、おもしろくていいんだ。罪悪感やうしろめたさに心を痛めていたら仕事にならない。真実を正しく記録して報告することに集中できなきゃプロじゃない」

櫂成の揺らがない信念と仕事に対するプライド。

蒼依は自分の中に、そういう太い芯《しん》のようなものがまだない気がした。

翌日、マスターから櫂成に「面会の許可がおりた」との連絡があり、蒼依もロキとして一緒に『蒼依』がいる病院へ向かった。

「意識は戻らないけど、自発呼吸して、ほんとにただ眠ってるみたいなんですって」

マスターが言うとおり、『蒼依』は穏やかな呼吸でベッドに横たわっている。車の事故に巻き込まれたものの、顔の目立つところには傷などなさそうだ。

「まるで眠り姫ね、アオイくん」

マスターは気遣わしげな表情で『蒼依』に声をかけ、「でも命に別状はないみたいでよかったわ」と櫂成とこちらに向かってほほえんだ。

「おい、マスターも俺もみんな心配してるし、早く目覚めろー」

櫂成が『蒼依』に声をかけ、頬をぺちぺちと軽く叩く。『蒼依』の中にいるはずのロキに話しかけているつもりなのかもしれない。

「こういう状態でも、話しかけると届くっていいますよね」

櫂成の見解にマスターは「そうねぇ」と首を傾《かし》げる。

蒼依も『蒼依』に近寄り、寝顔を覗《のぞ》き込んだ。自分の寝顔を客観的に見る機会なんてないから、奇妙な感覚だ。

「ごめんなさい……」

中にロキがいると思うと、謝罪が口を衝《つ》いた。その言葉が聞こえたマスターは、不思議そうに蒼依、つまりロキの表情を窺う。だから櫂成が慌てて「こいつはその、自分は無事で、事故直後は茫然《ぼうぜん》としてて救護とかできずにいたから」と半ば強引に言葉の辻褄《つじつま》を合わせてくれた。

そのあとも櫂成は『蒼依』に「いつまで寝てるつもりだよ」「そろそろ起きたらどうだ？」と訴えるように声をかけている。だってロキは櫂成の恋人なのだ。ロキのことが心配だろうし、話しかけることで脳に刺激になればという、彼の真摯《しんし》な思いが伝わる。

「何も心配しなくていいのよ。おはよ～って起きてくれたら、それだけで充分だからね」

『蒼依』の手を握って語りかけるマスターの姿を見て、胸がぎゅっと切なく絞られた。

東京へ出てきてまだ二カ月ほどなのに、こんなに自分を心配してくれる人がいる。申し訳なさと同時に感謝の気持ちでいっぱいだ。

――ロキさんが入ってる身体に僕がふれたら、入れ替わりがとけるかもしれない。

病院に来る前に、マスターがいても試せることは試してみようと、櫂成と話したのだ。

蒼依は『蒼依』の肩にそっとふれてみた。櫂成がその様子を見守っている。

――ロキさん、起きて！　お願い！

まぶたを閉じて、強く強く、何度か繰り返して念じてみる。

しかし、何も起こらない。『蒼依』は目を閉じたまま、ぴくりともしなかった。

――話しかけるだけ、ふれるだけじゃ、やっぱりだめなんだ。

蒼依も『蒼依』の中にいるはずのロキに何か具体的な言葉をかけたかったけれど、肩の辺りにふれるだけで精いっぱいだった。

「アオイくんが目覚めるのを、マスターも俺たちも待ってるからな」

「そうよ。アオイくん目当てのお客さんたちが来てくれるようになったんだし、早く戻ってきてね」

　擢成とマスターが懸命に『蒼依』に声をかけるのを、祈る気持ちで見守るしかなかった。


　もしかしたらという期待も虚しく、『蒼依』に話しかけても、ふれてもだめ。担当医の話では「意識がいつ戻るのか、わたしたちにも分かりません」とのことだった。

「蒼依くん？　どうした？」

　擢成の声にはっとして顔を上げた拍子に、野菜用のスライサーで指を少し切ってしまった。夕飯の準備で蒼依はサラダを任され、きゅうりを輪切りにしていたのだ。

　人差し指の先に血が滲《にじ》む。擢成が「そこで待ってろ、動くな」と言い残し、救急箱を持ってきてくれた。

「すみません。ぼーっとしてた……」

「ざっくりはいってないいな」

　擢成は蒼依の手を摑み、切れた指先を確認して止血してくれている。

「ロキさんから預かってる身体だから、傷とかつけちゃいけないって思ってたのに」

蒼依のつぶやきに、櫂成が「そんなこと思ってたのか」と少し驚いた顔をする。

だってロキの身体を乗っ取ったわけだし、自分にそうするよりずっと、この身体に気を遣って過ごしているつもりだ。

「小傷だ。この程度ならすぐに治る」

櫂成に手当てをしてもらう間、間近にある彼の顔を盗み見て、どきどきしていた。

こんなふうに櫂成に近付いたり、やさしく扱われるとうれしいけれど、これはロキの身体だ。

蒼依は「ありがとうございます」とその手をもう片方の手で包んだ。櫂成に摑まれた感覚が、まだ残っている。自分の身体じゃないのに胸は高鳴り、足元がふわふわした気分だ。

うれしいと思うのと同時に、ロキの身体を介して得る歓びには罪悪感もある。

「……僕の本体の意識がずっと戻らなかったらどうしよう、って考えてました」

ぽつりとこぼすと、櫂成が難しそうな顔でうなずいた。蒼依もだが、櫂成も苦悩していることだろう。たいせつな恋人が、今は目の前にいないのだ。

「原因があって結果がある。入れ替わりが起こったんだから、入れ替わりがとける方法もあるはず、とは思うんだけどね。とにかくロキが戻るまで、ロキの身体を蒼依くんに預かってもらってるのは安心できる」

預かっているという気持ちではあるが、こちらは乗っ取った側だ。

包み込むような笑顔で櫂成にそんなふうに言われると、ますます胸が痛んだ。

しかし、くよくよしている暇はない。ロキの身体で動ける自分が今できることを、とにかくやるしかないのだ。

——僕の探偵としてのスキルがいきなりプロレベルになるわけはないから、せめてデスクワークだけでも。入れ替わりがとけたとき、ロキさんが困らないように。

とりあえずロキが担当していた画像の編集くらいは満足にできなければ、櫂成にも迷惑をかけてしまう。

張り込みや尾行のない時間は探偵事務所のパソコンにかじりついて、分からないところは『画像処理ソフトの使い方』をネットで検索しながら、またはＨＯＷ‐ＴＯ動画を見ながら実践した。

最初こそまごついていたものの、画像処理ソフトをまったくさわれないわけではなかったので、入れ替わりから数日でなんとかかたちにはなったが。

「蒼依くん、もうけっこう遅いけど?」

櫂成の声ではっとした。時計を見るとすでに二十二時近い。

「えっ、こんな時間……すみません。パソコン使ってるとワープしたみたいに時間がすぎるの早いな。耀成さん、僕を待ってくれてたんですか？」

ばたばたと片付けを始める。それを見て耀成も立ち上がった。

「俺のことはべつにいいんだ。定時なんてあってないような仕事だし、普段から帰る時間はあまり気にしてない」

「でも、それだと働きすぎになりますよね」

「いつも遅いわけじゃなくて、十七時くらいに帰れる日もあるしね」

デスクに置きっぱなしですっかり冷えたコーヒーを飲みほすと、耀成が「それ洗うから、デスク周りの片付けやって」と蒼依のマグカップを受け取って給湯室に入った。

プリントを失敗した写真や、メモ書きした付箋《ふせん》など、ゴミを集めて片付ける。

二十二時過ぎに探偵事務所を施錠し、ふたりは帰路に就いた。ここからふたりが暮らすマンションまでは徒歩だ。

「すごい集中力で真剣にやってくれてたから、なかなか声をかけられなかった」

耀成の存在を忘れる勢いだったので、申し訳ない。

「すみません……設定とか使い方を理解するのに時間がかかって。ちゃんと裁判や調停に使える写真になってるといいんですけど……」

昨日の浮気調査で撮影した画像から使えそうなものを耀成がチョイスし、それを編集、プリントするところまでが蒼依に任された仕事だ。

　櫂成が一眼レフカメラで撮った写真はどれも無加工でも使えそうなものだったが、スパイカメラは解像度が低めで画質があまりよくないので、それを編集するのがたいへんだった。なにせラブホテル内で撮った、今回の調査でおそらくいちばんだいじな証拠写真だ。

「蒼依くんががんばってくれたから、調査報告書を依頼人にお渡しできる。ありがとう」

　櫂成がほほえんでくれて、ほっとした心地になった。

「……そうですか。お役に立ててよかったです」

　不倫中のふたりのことは、画像処理を行う間ただの被写体としか認識しておらず、憂う気持ちも湧かなかったが、いよいよ依頼人が事実を知るのだと思うと複雑な気分だ。自分の仕事が、他人の人生に大きく影響するような、そういうこわさを感じる。

「どうした？」

　おとなしくなった蒼依に、櫂成はすぐに気付いて声をかけてくれた。いつもそうだ。

「依頼人と調査対象者の方は、どうなるのかなって……。不倫相手の人たちにも制裁が？」

「依頼人は、スムーズに離婚して正当な慰謝料と養育費を支払ってもらうために、うちに依頼してきた。不倫相手にも慰謝料請求するかもしれないけど、その辺りの話になるともう探偵は関係なくて、弁護士さんと相談するだろうから」

　誰もしあわせになれない結末だけど、櫂成が語っていたように、依頼人がこの先の未来でしあわせになれるはずと信じたい。

「がんばってくれるのはありがたいけど、無理はするなよ。ロキが目覚めずに自分はこうして動けるから、責任を感じるのかもしれないけど。がんばりすぎないようにさ」

　櫂成にやさしいまなざしで気遣われて、蒼依は「はい」と顔を俯《うつむ》けた。

　櫂成が向けてくれるやさしさは本来はロキのもののはずだと思うと、申し訳ない気持ちと切なさが絡みあう。

　しかし、画像処理だけできればOKじゃない。尾行はもちろん、その際にターゲットに気付かれずに撮れるようにならなければ、櫂成のバディとしてはあまりにも力不足だ。

「新規の案件もあるし、あしたも忙しいぞ」

　ぽんぽんと背中を叩かれただけでも、胸が軋《きし》めく。

　――櫂成さんとずっと一緒にいられて、見守ってもらって、励ましてもらって、毎日こんなふうに楽しんでていいのかな……。

　でも心がわっと跳ねたり、うれしがったり、どきどきするのはとめられない。

　櫂成さんを想うロキさんの身体でもあるから、そんな反応をするのかも。本当は僕が居座っていい場所じゃない――それをあらためて感じる。

　ほんの少しロキの代役ができただけ。だから本心からは喜べないのだ。

毎朝、ソファーベッドで目が覚めたら、入れ替わりがとけていないかを確認することから始まる。

「……僕は……今日もロキさんのままだ」

入れ替わって二週間。ひとつため息をついて、同時に「ロキさんの代わりを務めなきゃ」と気持ちを切り替え、一日がスタートする。

このところ蒼依は櫂成より先に起床し、朝食を作っている。居候の身だから家でも何か役に立ちたいと考えた結果、自分ができることを率先してやろうと決めたのだ。

母子家庭で育ったので幸いにも家事は得意で、料理以外に掃除もわりと好きだし、整理収納をあれこれ工夫したり、時間を忘れてピカピカに磨き上げたりもする。

朝食だけではなく、帰宅時間によっては夕食も作る。ランチはどうしてもデリバリーや外食になりがちなので、健康のためにも可能な限り自炊したい。ふたりで一緒に台所に立つこともあるし、蒼依がひとりで作ったときは後片付けは櫂成の担当だ。

「おはよー……」

テンション低めの櫂成の挨拶《あいさつ》に「おはようございます」と明るく返した。

「蒼依くんは朝一から元気だなぁ……」

櫂成が裾《すそ》から手を突っ込んで腹をぼりぼり掻《か》いている。引き締まった腹筋チラリは目の毒だ。

――み、見えちゃった。おなかまでかっこいいってどういうことだよ。

ラッキースケベに続き、ウォータータンクの水を飲むうしろ姿からも男の色気を無意識に振りまくので、きゅうりの千切り中の包丁で爪をざっくりいきそうになってしまった。

――なんで耀成さん、朝はとくにあんななんだろ。普段より無防備だからかな？

どきどきしながら手を動かしていると、フェロモンのかたまりが蒼依の隣に立ち覗き込んできた。

「何作ってんの？」

「サ、サラダにポーチドエッグをのっけようかと。カリカリベーコンと、焼いたバケットも。オープンサンドです」

「オープンサンドってサンドしてないのになんでサンドなんだろうな」

「……え……と、知らないです……」

「蒼依くんが朝食を作ってくれるようになって、朝が毎日楽しみ」

「それは、どうも……」

どぎまぎしながら返すと、耀成はミニトマトをひとつつまみ食いする。横顔、首筋、また彼のあちこちからフェロモンがもわもわと溢《あふ》れるのが見えて、蒼依は内心で「困る……！」とばたついた。

「あ、そ、そうだ、耀成さん、このシンクの排水パイプを掃除したのっていつですか」

自分の気を逸《そ》らそうと、目についたことを口に出す。

「排水パイプ？」

「どろどろだったから。もしかしてしばらく掃除してない？」

「ロキがやってたんじゃないか？　知らんけど。排水口のゴミカゴを洗うときに、なんかちょっと臭いかなぁ、とは思ってた」

これは誰もやっていない可能性大だ。

「いや、あの、その奥も洗って」

本当は言いたいところは他にもいっぱいある。耀成に言うより先に自分で掃除してしまうから、すべてを伝えきれていないのだが。

「忙しいから、たしかに掃除は行き届いてないな。いつもルンバががんばってるし、細かいところは『まぁいっか』『見なかったことにしよ』ってなるだろ。男所帯だとそうなるんだよ」

「ルンバは排水パイプまで掃除してくれないから。それに家事に性別は関係ないです」

「ですよね〜」

「あ、その返事、ぜったいやらないやつだ」

蒼依の指摘に、耀成は「ははは」と笑っている。でも家事を何もしないわけじゃなくて、いろいろと詰めが甘いだけ。ゴミ捨てとか、ルンバのメンテナンスとか、洗濯物を干したりたたんだりは、放っておいても耀成がいつの間にかやってくれている。

「俺はコーヒー淹《い》れま〜す」

逃げる櫂成に、しょうがないなぁと笑ってしまうが、こういうのはやれる人がやればいいし、自分がここにいる限りはピカピカにしてあげようと思う。

好きな人のためにできることが、たとえ掃除だって、なんだか楽しくてうれしいのだ。


朝食を終えたら、探偵事務所まで徒歩なので、そのわずかな間にも歩きでのカメラの使い方を櫂成に教わっている。

他にも毎日行っているのは、一般の歩行者を調査対象者に見立てた尾行の練習だ。調査対象者がこちらを振り向いたり、Uターンなどした場合、櫂成と入れ替わって尾行を続けなければならない。バディとして、そういう連携もスムーズに行う必要がある。

尾行が長引くときは、帽子や眼鏡、替えの上着など小道具を駆使して「同じ人間につけられている」と気付かれないような工夫も必要だ。

「歩きで撮るときも、一眼レフカメラを普通に使うことにびっくりしました。見つからないようにスパイカメラなのかと思ってたけど」

こうしてランチタイムに外に出るというわずかな時間にも、尾行やカメラの練習をする。

昼時で、人通りのある下北沢《しもきたざわ》の狭い路地だ。櫂成がテストとして指示したターゲットに狙いを定め、蒼依は手元のカメラで撮りながら進む。

「性能は一眼レフにかなわないからな。首からストラップを下げたままの状態で撮る。だからカメラの位置は腹の辺り。ターゲットを凝視するな」

　曜成が蒼依の背後から前に手を回して、カメラの位置を調整してくれる。

　――バックハグみたい……！　とか思ってる場合じゃないぞ。

　いちいちどきどきして邪念が混じりそうになる自分を叱咤《しった》し、ターゲットを撮影した。

「カメラの角度を微調整しながら何度も撮る練習をして、自分の身体で覚えるしかない」

　カメラのファインダーはもちろんディスプレイも見ないのだから、そうやって蒼依が撮った写真は、最初はひどいものだった。でも毎日おなじ練習を繰り返すことで、コツが摑めてきた気がする。

　撮れた写真をカメラのディスプレイに表示して、ふたりでそれを覗き込んだ。

「今までいちばんいいかも。なんかちょっと感覚が摑めたかんじがしました！」

　ぱあっと笑顔になって蒼依がアピールすると、曜成が目を大きくしている。

「あ……すみません、はしゃいでしまった」

　でも最初の頃のブレブレ写真と比べれば、だいぶうまく撮れるようになったと思うのだ。

「いや……いいんじゃない？　ターゲットの顔がはっきり写ってるし、背景に目印となる建物、標識、看板なんかがしっかり入ってる。証拠能力の高い写真だ」

「ですよねっ」

一番

はじめて手応えを感じて満足したのに、櫂成が笑いたいのをこらえているように映る。

「そりゃあ、櫂成さんに比べればぜんぜんですけど」

「いや、俺は貶《けな》してるつもりも、からかってるつもりもなくて。かわいいなと。見た目が完全にロキだからすっげぇ変なかんじするけど。ロキはそんな『きゃぴっ』ってかんじじゃないからさ」

その「きゃぴっ」こそ、からかう口調だ。蒼依は「きゃぴっとか言ってないし」と口を尖《とが》らせる。

「うまく撮れたって喜ぶのとか、褒めて褒めてってこっちを見るのとか、純真な反応が俺からしたら眩《まぶ》しいわ。そういうところも、あぁ、おまえはやっぱロキじゃなくて蒼依くんなんだなぁって実感する」

蒼依の素の反応を、櫂成は好意的に受けとめてくれているようだ。

「うん、よくできました」

櫂成にまるで先生が園児を褒めるときのように後頭部をぽんぽんとされて、子ども扱いなのに、彼のことが好きだから胸の鼓動が加速する。

「俺の教え方がいいからな」

にっと笑って、どや顔の櫂成に、蒼依はてれ笑いでうなずいた。

――櫂成さんが前に「ロキには頭ぽんぽんとかしたことない」って笑ってたけど、中身が僕だから、そうするんだよね。

うまく撮れたときに櫂成がそうやって褒めてくれるのがひそかにうれしい。

櫂成が「ランチ、ここにしよう」とハワイアンな雰囲気の店に入っていく。

櫂成になでられた頭にこっそりと自分でもふれて、彼の手の名残が消えるのを惜しんだ。

ロキがいないため、一緒に作成していた報告書や提出用の書類を櫂成ひとりで担い、彼の事務作業は負担増だ。それでも蒼依のためにこうして休憩時間や行き帰りのわずかな時間にもつきあってくれて、尾行、カメラの練習は夜にも行っている。

ランチの店でも、注文したものがテーブルに運ばれてくるまでの短い間でさえ、とにかく隙あらば練習だ。櫂成がこういう場面で使っているスパイカメラも、キーレスキー型の他にペン型や、小さなポーチや眼鏡ケースを改造したものなどいろんな種類がある。

「この仕事、おもしろいです」

目の前でロコモコプレートを食べている櫂成に伝えると、彼は「そりゃよかった」とにっと笑った。

「蒼依くん、呑《の》み込み早いし、俺も教え甲斐《がい》があるよ」

櫂成に褒めてもらえるとうれしい。

「バーでの仕事とはまたちがうやりがいを感じます」

バーでは「お客さんに楽しんでもらいたい」という気持ちでカウンターに立つ。でも水商売というだけあって、そのいっときだけの役割だ。

――好きな人と一緒に仕事をしているから、っていうのも、あるかもしれないけど。誰かに必要とされて、認めてもらえる感覚って、やっぱりうれしいものだな。

浮ついた気持ちだけじゃない。探偵業に就きたいと考えたこともなくて、何ひとつ知らない業界だったけれど、この入れ替わりをきっかけに知って、自分の世界が思わぬ方向に広がった気がするのだ。だから櫂成とロキのためにも、もっとがんばりたい。

「今日は早く上がれるだろうから、病院に面会に行こうか」

櫂成の提案に、蒼依は「はい」とうなずいた。

マスターも数日おきに『蒼依』に面会に来てくれているようで、そのたびに櫂成にLINEで報告してくれる。櫂成と蒼依も、仕事が早く終わる日や休日には病院へ足を運んだ。

面会可能な二十時まであと一時間ほど。

今日は買ってきた弁当を病室で食べることにした。

『蒼依』を挟むかたちでパイプ椅子に座る。弁当を食べながら、櫂成はロキに今日の仕事のことや、蒼依ががんばっていることを語りかけた。

病室には他に誰もいないので、櫂成は遠慮なく「ロキ」と『蒼依』に声をかける。

「もう二週間だぞ。いつまで寝てんだよ」

ロキを見つめる櫂成の向かい側で、蒼依は『蒼依』の手をそっとなでた。

自分のせいでロキが『蒼依』の中に閉じ込められてしまったのかもしれない、という気持ちがあるから、「出てきてください」とか「早く起きてください」などと、気軽に声をかけられない。

「ロキさんと櫂成さんは、いつから一緒にいるんですか？」

ふたりは幼なじみで「家族より長く一緒にいる」と櫂成が話していたが、詳しい馴れ初めなどは聞いていない。

「小中学校が同じなんだ。テレビの影響で、ガキの頃からロキと探偵ごっことかやってたな。担任の先生が徒歩で帰宅するあとをつけたり、クラスの男子が誰を好きなのか調べたり、そういう遊び」

子どもの頃の思い出話に、蒼依は「先生に見つからなかったんですか」と笑った。

「尾行がバレて家に電話がかかってきた。そのときはさすがにロキと俺は親にめっちゃ怒られて。でもそのおかげで、伯父さんがじつは探偵をやってるって知ったんだ」

「え……じゃあ、もうその頃から探偵になりたいって思ってたんですか？」

櫂成は遠い昔を思い出すように、斜め上を見て「そうだな」とうなずく。

「職業として探偵を意識したのは高校の頃だったけど、小学生の頃から憧れはあったよ。なんかかっこいいじゃん。スパイカメラとか、気付かれないように尾行するのとか」

子どもの頃のその気持ちは、ちょっと分かる気がする。児童書に探偵団ものは多いし、蒼依もわくわくしながら読んでいた。

「小五のとき、伯父がやってた探偵事務所にはじめて遊びに行ったんだ。ばかだからその場で『弟子にしてくれ』って頼んだけど、『大学生になるまではバイトでもダメ』って断られた。でもそのあとも遊びに行くと、小道具とかはいろいろ見せてくれたよ」

「子どもの頃の夢がかなったんですね」

「そうだな。実際にこの仕事に就くと、時間に不規則でブラックともいえるし、地味だし、胡《う》散《さん》くさがられることもあるけど。あ、事務の咲良《さくら》さんは完全ホワイトな就業規則に守られてますのでご安心を」

蒼依は「そうですね」とほほえんだ。

「耀成さんは、バイトしてた頃も含めて十年でしたっけ。ロキさんのことは、耀成さんが誘ったんですよね」

「大学時代にときどきロキも誘って一緒にバイトしてた。で、就活の時期がきて、あらためて『探偵になりたい。弟子にしてほしい』って伯父さんに頼んだんだ。そのあと伯父さんが亡くなって、この仕事はバディが必要だから、ロキを誘った。こいつ、ちゃんとしたいいところの会社員だったんだけどな。『こっちがおもしろそう』って言って」

　耀成は当時を懐かしむようなまなざしで『蒼依』を見つめ、中にいるはずのロキに「意外とエキセントリックなんだよな」と語りかける。

「ロキさん……エキセントリックだからじゃなくて、耀成さんのことを、きっとその頃から好きだったんじゃないかな」

　好きな人とその恋人とのつながりの強さを想像すると胸はちくんと痛むけれど、ふたりの関係に納得もする。

　耀成に彼女がいた時代、ワンナイトで遊んでいた時代も、ロキは耀成の近くにいたということになるから、言動は多少粗雑だけどきっと健気《けなげ》な心の持ち主なのだろう。そんな彼に耀成も心を委《ゆだ》ね、公私ともに信頼しあい、一緒に暮らすことになったのかもしれない。

　ふたりの愛と絆《きずな》に深く感銘を受け、他人が入り込む隙などないことを痛感しながら小さくため息をついた蒼依に、耀成が「ん？」と首を傾げる。

「ロキが俺を『その頃から好きだった』？」

「え……だって、ロキさんは耀成さんのことが好きだから、人生の転機となるようなたいせつな決断をしたのかなって。べつに仕事を辞めなくても耀成さんの傍にいることはできるのに、そうしてまでも一緒にいることを選んだのかなと」

　蒼依の見解に、耀成はますます怪訝《けげん》な顔をした。

「蒼依くん、なんか……かんちがいしてる？　俺と、ロキのこと」

「え？」

「まさかだけど……俺とロキが……恋人、だとか……思ってる？」

　櫂成に「まさか」と困惑されて、蒼依は目を瞬かせた。

「……だって、櫂成さんとロキさん、同棲《どうせい》……してますよね」

「どっ……同棲っ？　いやいや、ただの同居ですが。俺が仕事を辞めさせたも同然だったし、バディとしていっそ一緒に住んだほうがラクだなって理由で、とくに深い意味は……」

「え……？」

　ベッドに横たわる『蒼依』を挟んで、ふたりは「ええっ？」と今度は声を揃えた。

「じゃあ、櫂成さんがロキさんにキスしてたのは？」

「キスぅっ？」

「店で酔い潰《つぶ》れた櫂成さんをロキさんが迎えに来た日ですよ。僕の目の前でロキさんにキスを……頬にだけど、見ました！」

　櫂成が「あぁ……」とひたいを押さえて天を仰ぐしぐさで嘆く。

「俺……酔うとキス魔になるんだ……。ありがとう～とか、かわいいね～とか、そういう軽いノリでやっちゃうことあるんだわ……。とくに意味もないからキスしたことを覚えてなかったりするし。キス魔なのはマスターも知ってる」

　櫂成のその弁解に蒼依は表情をなくした。

「いや、誰にでもってわけじゃなくて、知ってる人とか、友だちとか、俺も酔っ払いなりに相手は選んでるみたいなんだけど」

「耀成さんとロキさん、つきあってるんじゃないんですかっ？」

身をのりだして問うと、耀成が「だからちがうって」と全力で否定する。

「ロキと俺は友だち！　幼なじみ！　今は仕事のバディだし、そりゃあ他の誰より、一緒に過ごした時間は長いと思うけどさ。それにロキはその綺麗《きれい》な顔でゴリッゴリのバリタチだからな。タチ同士じゃ事故も起こらんわ」

耀成の言葉を頭でもう一度反芻《はんすう》した。

――え……じゃあ、ロキさんが耀成さんの恋人だっていうのは僕のかんちがい……。

耀成が「だから、ロキは恋人じゃありません」ともう一度力強く言いきるのを、唖然《あぜん》として受けとめる。

――かんちがいだったってことは……この入れ替わりはとんだとばっちり――……!!

悲鳴を上げそうになった口を手で塞《ふさ》ぎ、あわあわと俯いた。

ふたりが恋人同士じゃなくてよかったという安堵《あんど》よりも、焦りと驚きが上回っている。

――僕に恋人とかんちがいされたせいで、ロキさんはこんなひどい目に遭ってんの……!?

様子のおかしい蒼依に、耀成が「どうしたんだよ」と問いかけてくる。

このの入れ替わりはかんちがいが原因だったなんて、こんなむちゃくちゃなことがあるだろうか。

「い、いえ……、かっ、かんちがいしてて、すみません」

「まさかそんな誤解されてるとは、だよ」

「……ちなみに、マスターもかんちがいしてます……」

「ええっ、まじか」

擢成は最後には「ははは」と笑った。蒼依も頬を引きつらせて愛想笑いをする。

転がり込んだロキがソファーベッドで寝ているのも、ふたりが一緒に寝ないのも当然だ。

蒼依が誤解したせいでロキを巻き込み、擢成にも心配をかけている。

――擢成さんのことが好きで、恋人のロキさんをうらやましがったのが僕の一方的なかんちがいで、そのせいで入れ替わってしまったなんて、こんなの誰にも話せないよ！

擢成にこの入れ替わりのロジックを説明することなく、なんとか現状打破する方法はないのだろうか。いつの間にか元に戻っていればいいが、今のところ神頼みで期待するだけの日々だ。

蒼依はいっそう申し訳ない気持ちで『蒼依』を見つめる。

きっとどこかにヒントや突破口はあるはずだ。

――早く、それを見つけなきゃ……！

ふたりは恋人同士じゃないという想定外に喜ぶどころか、申し訳なさが肥大したのだった。

□　4　□

入れ替わりが起こって二十日。

相変わらず元に戻るためのヒントも突破口も見つからないままだ。

しかし現状を憂う暇はなく、仕事はしなければならない。尾行やカメラの扱いを練習しながら擢成《かいせい》とともに探偵事務所に出勤し、その日に何をすればいいのか指示を仰ぐのが日課だ。

「今日は継続の案件『休職者の素行調査』、そして十四時にこの事務所で『婚約者の身元調査』の結果を依頼人に伝えることになってる。俺は十四時に事務所に戻らないといけないから、途中から蒼依《あおい》ひとりで『休職者の素行調査』の張り込みをやってもらう。咲良《さくら》さんはいつもどおりよろしくです」

咲良が「はい」とうなずく隣で、蒼依は「え……僕ひとりで張り込み？」と驚いた。

「なんだ。できない？」

擢成に問われて、どう返せばいいのか分からない。いつも擢成が傍にいてくれて、自分が失敗したとしても彼がフォローしてくれるという安心感があったのだ。擢成が相棒として信頼していたロキみたいな働きができるとは思えず、正直不安しかない。

「この三日間、蒼依は俺と一緒に『休職者の素行調査』を行ってきた。やらなきゃいけないこと、何をどうすればいいかは、もう分かってるだろ？」

『休職者の素行調査』は、二カ月間音沙汰《おとさた》がない休職中の社員の様子を調べ、依頼人である会社社長に報告することになっている。毎日、当該社員の自宅を張り込み、何か動きがないか調査しているところだ。

「はい、分かってます……」

「俺はこの張り込みなら蒼依に任せられると判断したんだ」

耀成にもう一度、「どうだ？」と問われる。

はじめてのひとりでの張り込みになるが、基本的に前日の調査内容・方法に倣《なら》うことになる。

――ロキさんみたいに耀成さんから全幅の信頼を得るのは無理でも、任された仕事は全うしたい……！

ついに覚悟を決めて「はい。やります」とうなずいた。

もうひとつの『婚約者の身元調査』は、娘の婚約者の男性について調べてほしいという母親からの依頼だ。調査の結果、男性の「学歴詐称」「経歴詐称」「職業詐称」等が判明した。

「なんでこんなに嘘《うそ》ばかりついたんだろう。この人、詐欺師じゃないんですよね」

調査報告書の写しを見ながら、蒼依は不思議でならない。婚約者の男性が、六本木《ろっぽんぎ》のＩＴ系会社ではなく製造工場から退勤する様子、前職の関係者等から聞き取った経歴の一覧など集めた証拠を、櫂成がまとめたファイルだ。

「詐欺師じゃなくても、見栄のためだけに嘘をつく人間はいる。意中の相手の気を惹《ひ》きたくて、最初は年齢を実際より若く伝えるなどの小さな嘘をつく。嘘に嘘を重ねて、そのうち友だちから高級車を借りたり、ブランド品をレンタルしたり、偽装工作を始めるようになる」

自分を偽って好かれようとする——虚像を愛されて、それで当人は満足するのだろうか。好きな人から愛されたいという気持ちは理解できるけれど、辻褄《つじつま》合わせに嘘をつき続けるのだって苦しいはずだ。自分から明らかにする勇気がなくて、いっそ誰かがこの嘘を曝《あば》いてくれたらラクになれるのに、と思ったりするかもしれない。

蒼依は自分にも重なるものを感じながら、真実を隠し続けるつらさは分かる気がした。

「でも……調査会社が調べなくても、そのうちぜんぶ嘘だってバレますよね」

「その場をなんとか切り抜けることに必死で、先のことは考えられないんだろうな。娘さんは嘘に気付いていないのか、おかしいと思いながらも相手を信じようとしているのか……。その点、親御さんは冷静だから、うちに依頼してきたんだろう」

ずらりと並んだ証拠を突きつけられれば、もう嘘はつけない。探偵に調査をされなくても、遅かれ早かれ露呈し、すべてが破綻《はたん》するはずだ。

「人は良くも悪くも嘘をつく生きものだ。人間関係を円滑にするため、保身のため、利益を得るため、誰かを守るため。あえて言わない『不作為の嘘』もある」

櫂成の最後の言葉に、蒼依は身に覚えがあってどきっとしてしまった。入れ替わりのロジックについて憶測の域を出ていないとはいえ、櫂成にまだ一度も相談できていない。

——櫂成さんのことが好きで、ロキさんをうらやましく思ったせいですって言わなきゃいけなくなるから……。でもこんな状況で「好き」なんて言えない……。

どんな顔をしてそれを伝えるつもりなのか、と考えると、気持ちが塞ぐ。

しかしそれこそ現状打破して解決するためには、話さないといけないのではないか。

「蒼依、『休職者の素行調査』に出るぞ」

櫂成の声で思考を強制的にとめた。とにかく今は仕事だ。

蒼依はカメラや変装の小道具を斜め掛けのバッグに詰めた。


ひとりでの張り込み中、蒼依は休職中の社員の姿をカメラに収めることに成功した。

調査対象者である男性が同年代の女性に付き添われてアパートを出てくる瞬間、そこから病院へ向かい、診察を受け、再び自宅に戻るまでの動きも、写真と動画に収める。動画でも撮ったのは、女性の付き添いなしには通院もままならない様子だったから、それが正確に伝わるようにとの配慮からだった。

依頼人である会社社長は、かつて別の社員の『うつ病』との休職理由が虚偽だったことがあって、今回も「連絡が取れないし、また嘘かもしれない」と疑っていたのだ。

「動画もしっかり撮れていて、これなら休職中の社員さんの現状が伝わる。写真を撮った場所と時系列も押さえられてて、抜けもない。ひとりでよくやったな」

成果を上げられたことを櫂成も褒めてくれて、彼の部下としても調査員としても「ちゃんと役に立てた」という達成感を得られた。うれしくて顔がほころぶ。

——疑うほうの気持ちも分かるけど、休職されてる社員さんの現状を正しく報告できた。依頼人と対象者双方のためにこの調査を完遂できてよかった！

世界を平和にしたり、大勢の人を助けるような仕事ではないけれど、たったひとりの真実を守り、救うことができる。自分にとっては、こっちのほうが身近でリアルだ。小さなしあわせを守ることは大きなしあわせにつながるはずだし、とてもたいせつなことのような気もする。

——すごくやりがいのある仕事だ。もっとがんばりたいな。

ロキの足元にも及ばないだろうが、櫂成の役に立ちたいと思う。

浮気調査などは人の業《ごう》を垣間見てなんともいえない気持ちにもなるけれど、ますます探偵の仕事がおもしろいと感じたのだった。

そうして入れ替わりが起こってからひと月ほど経った三月初旬、櫂成との尾行の連携もスムーズに行えるようになった頃、『スパイダー探偵事務所』をひとりの男性が訪ねてきた。

依頼人から聞き取りをするのは代表である櫂成の仕事だが、「一緒に話を聞いてみる？」と提案してくれたので、蒼依も調査員として同席する。

男性は三十六歳、ＩＴ関連会社の社員だ。名刺には『佐崎卓志《ささきたくし》』と書かれてある。

「結婚を約束した女性と、ここひと月ほど連絡が取れなくなってしまって。勤務先に行くことも考えたんですが、彼女との約束で店には来ないようにと言われていて……。約束は守りたいので、探偵さんに所在確認をお願いしようと」

男性の依頼である所在確認は、いわゆる人捜しだ。佐崎はやさしそうというより、少々気弱そうな印象を受ける。

「それでは、相手の女性のお名前や年齢、お住まいなど、佐崎さんがご存じの情報をこちらにお書きください」

櫂成が差し出した用紙を目の前に、佐崎は表情を曇らせた。

「すみません……彼女の本名が分からないんです。お店で出会ったんで、そのまま源氏名で呼んでほしいと彼女からお願いされて。年齢は二十四歳ときいています」

結婚を約束しているのに本名を知らないなんてあるだろうか。不思議に思う蒼依の隣で、櫂成は男性の様子を注意深く窺《うかが》っている。

「失礼ですが、彼女とはいつ頃、どちらでお知りあいに？」

「……いわゆる風俗店です。名前は『ハルカ』。半年前に出会って、ふたりで会うようになったのは三カ月前くらい」

「彼女の名刺など、お持ちですか？　顔が分かるものが欲しいです」

佐崎は風俗店の客に配られるカードを「これです」とテーブルに置いた。

ピンク色のカードには『はぁとのアリス』と店名が入っている。五反田《ごたんだ》に二店舗あり、『ハルカ』は一号店のヘルス嬢のようだ。

自身のスマホで撮ったというツーショット写真も数枚見せてくれて、蒼依がその画像データを受け取った。モデルみたいにスタイルが良く、ゆるいウェーブのかかったロングヘアーのかわいい系美人だ。

「普段彼女と連絡を取る場合は、携帯電話ですか？　ＬＩＮＥなどの通信アプリですか？」

「携帯電話で、メールが多いです。ＬＩＮＥのＩＤも知ってますが、ＬＩＮＥはヘルス嬢の営業で使ってるから、プライベートはメールがいいって」

櫂成は「ん……」と小さく唸《うな》って顔を上げた。

「彼女と出会ってから結婚の約束をされるまで、どのくらいの頻度で会い、どういったやりとりをされていたのか、もう少し詳しくお話を聞かせてください」

それからこの男性とのやりとりは一時間半ほどかかって終了した。

「調査にかかるおおよそのお見積もりと、ご依頼をお引き受けできるかどうかも精査し、数日中にご連絡を差し上げます」

櫂成と蒼依は、佐崎を事務所のドアまで見送った。

ドアが閉まったあと、櫂成は歩道に面した窓際に立ち、外を見下ろしている。蒼依も櫂成の目線を追った。佐崎がビルを出て去って行くところだ。

「さて……今の依頼はなんて言って断ろう」

「えっ、断るんですか？　あんなに熱心に質問していたのに？」

このひと月あまりここで働いているが、櫂成が依頼を断るところを見たことがない。

「探偵は、依頼された仕事をぜんぶ引き受けるわけじゃない。時間をかけて質問をするのは、言動に不自然な点はないか見極める意味もある。あれは、よくある風俗嬢のストーカーだ」

櫂成がそう言いきって、応接セットのひとり掛けソファーに戻る。蒼依も隣接のソファーに腰掛けた。

「え……でも、嘘を言ってるようには見えなかったです」

最初はたしかに、結婚を約束した相手なのに本名を知らないなんて変だと思った。しかし佐崎は終始腰が低く、櫂成の質問攻めに戸惑いながらも誠実に答えているような印象を受けたのだ。

嘘をついているか見抜くのも、探偵の仕事だ。

――……僕が見抜けなかっただけ？

嘘をつく人間の特徴について、櫂成から聞いたことがある。質問に質問で返したり、質問を鸚鵡返《おうむがえ》しにするのは、辻褄合わせのために時間を稼ぎたいから。逆にやけに淀みなく答えるときは、あらかじめ組み立てておいた虚構のストーリーを披露している、などというものだ。

「嘘はついていないんだろう。故意に伝えない『不作為の嘘』なだけで」

櫂成の見解に、蒼依は別の意味でどきりとして言葉をなくした。

「本名を知らない、自宅も教えてもらっていない、店には来るなと言われている……。連絡がとれなくなった彼女のことが心配なら普通はまず店に行かないか。いくら約束してても」

「店に突撃したらきらわれる……だから彼女との約束を守ってるんだと思いました」

「行けない理由が別にある気がする。店から出禁をくらってるとか、ストーカー被害を彼女が警察に相談済みで、『つきまとわない』と誓約書を提出してる、とかな」

たしかにそれだと店に会いに行けない。

「……じゃあ、結婚の約束をしてるっていうのが、そもそも嘘ってこと……？」

「嘘というより、一方的に恋愛関係にあるという思い込み、を疑ってる。恋人気分にさせて店に通ってもらいたくて色恋営業してくる嬢に本気になるガチ恋客ってやつ。風俗嬢は『お客さん』には個人情報を教えない」

たしかに櫂成の話を聞くと「そうか……」と思ってしまうが。

「デートのツーショット写真も一緒に買ったペアリングも、本当だと思ったんだけどな……」

そのリングを佐崎はつけていた。彼女とのことを語るのも懸命で、どうして突然連絡がとれなくなったのか、ただ真実を知りたいから探偵を頼っているのだと感じたのだ。

「デートもショッピングも同伴出勤やアフターでもできることだ。嬢は客に『色恋営業です』とは言わない。本気になってストーカー化する客は珍しくない」

櫂成がソファーから立ち上がった。

「断るんですか……」

「ストーカー被害に発展する恐れがある。犯罪には加担しない。所在調査は犯罪者なのか純粋に調べてほしい人間なのかの判断が難しいから、いっさい受けつけない探偵もいるんだ」

櫂成は探偵が犯罪者のために情報を渡してしまうようなことがあってはならないと警戒している。『スパイダー探偵事務所』の代表としての判断だ。

「でも、ストーカーじゃなかったら……あの人は、好きな人の愛を疑う苦しみに囚われ続けることになりますよね……」

櫂成が言ったのだ。信頼している人の愛を疑う時間はつらく、その苦しみに囚われることから解放されなければしあわせになれない。だから探偵として手助けしたいのだと。

蒼依のつぶやきに、櫂成が顔色を変える。

最近探偵業に片足を突っ込んだ程度の素人が、この仕事に十年携わっている人に盾突いてしまったのが気まずくて、蒼依は顔を俯《うつむ》けた。

「じゃあ……蒼依くんは、彼の依頼を受けてあげたい、と思うってこと？」

　櫂成はいつもより鋭い目つきだ。だから追及されている気分で緊張する。

「……う、受けてあげたいっていうか、どうして連絡が取れなくなったのか分からないままっていうのはつらいだろうなって。彼女が元気なのかくらいは、伝えてあげられたらいいのにな……と思います……。あの人、店には行かないつもりみたいだし、女性の自宅の住所なんかを知らせなければ、おかしなことはできないんじゃないかなって」

　その発言を受けて、櫂成が腕を組んで思案する。

「蒼依くんは、あの依頼人を信じる、と？」

「……依頼人がしあわせになるための選択を手助けしたいっていう櫂成さんの言葉と想いは、僕も探偵としての真理だと思うし、尊敬してるから」

　蒼依の言葉に、櫂成が身体を揺らす。

　沈黙が続いたので、よけいなことを言ったかもしれないと後悔し始めた。

　しばらくして櫂成が「うん」とうなずいて顔を上げる。

「そうだな。調査中にストーカーの疑いが濃厚になったり、調査を続行するべきではないと判断した時点で打ち切る。調査結果を悪用されない程度に依頼人に報告する――ということでどうだろう？」

燿成が前向きな提案をしてくれて、蒼依は「はい！」といっぺんに表情を明るくした。

調査対象者を守りながら依頼人に事実を報告できたら、結果次第では傷つくかもしれないけれど、現状に区切りをつけて明るい方へ向かうことができるかもしれない。

「調査計画を立てよう。ヘルス嬢に直調か側調が手っ取り早いかな。俺が客のふりをして、普段どういう営業をしてるのか探りを入れる」

直調はこちらが探偵であることは伏せて調査対象者に接触、側調は調査対象者の周辺人物に接触して調査を行うことだ。

燿成の言うこれまでにない大胆な調査方法に驚いて、笑顔のまま固まる。

「え？　客のふり？　燿成さんが風俗店に行くってこと？」

「そうだ」

大真面目な顔で風俗店に客として入るというのだから、唖然《あぜん》としてしまった。

「へ、ヘルスって……男性にえっちなサービスをするところ、ですよね」

ファッションヘルス、ソープ、ピンサロのサービスのちがいすら、よく分からないが。

――燿成さんはバイだし……行くことをためらわないんだ……！

蒼白《そうはく》になり不信感もあらわな顔をする蒼依に、燿成が「ははっ」と声を上げて笑った。

「えっちなサービスをしてもらいながら調査するわけじゃねーわ。風俗店に入っておいて『まったく性的サービスはしなくていい』って言うと、嬢に怪しまれるだろうけどな」

でも耀成みたいないい男が客として来店したら、ヘルス嬢のほうから積極的にサービスされたりしないのだろうか。もしくは、耀成自身がその気になったりするかもしれない。

耀成はスマホで『はぁとのアリス』を検索し、「他の嬢から情報を引きだすのが妥当だな」とつぶやく。

「店の嬢リストで目星をつけておいて指名。袖《そで》の下を渡して喋《しゃべ》らせる」

「それ、失敗しないんですか」

「失敗してもまだ手はある」

耀成はどのヘルス嬢に喋らせるか品定めをしているようだ。

——うう……いやだ。仕事とはいえ、耀成さんに行ってほしくない……！

かといって「自分が行きます」とも言いたくないし、探偵として代わりが務まるはずもない。そもそも依頼を引き受けたいと説得したのは自分なのだから、体当たりみたいな調査に行かないでと言えるわけがなかった。

佐崎からの所在調査の依頼を正式に受け、契約を結んだ翌日にいよいよ調査開始となった。ヘルス嬢『ハルカ』が働く五反田の『はぁとのアリス』一号店に、耀成が入って一時間近く経つ。蒼依は歓楽街のファミレスで待機中だ。

——一時間もかかる？　えっちなことされてる……ってていうか、してもらってるんじゃ……。

ファッションヘルスで具体的にどういう性的サービスが行われているのか知らなかったので、スマホで調べてぐったりしてしまった。

すっかり日は暮れて、ネオンの点滅の光が窓に反射している。

——ヘルスは本番はしないみたいだけど、『嬢の方から誘ってきたらラッキー』なんてこともあるみたいだし、あんなことやこんなことを……！

櫂成は、今は特定の恋人がいないのだ。

疑いだしたら、心穏やかじゃいられなくなった。苦しくて、痛い。

——浮気されてるかも、って思いながらパートナーの帰りを待つときって、こういう気持ちなのかな。

自分は櫂成の恋人ではないから、何をしていても責める権利も追及する権利もないのだが。

そんなことを鬱々《うつうつ》と考えていたら、櫂成から『終わった。そっちも出て』とＬＩＮＥで連絡が入った。コーヒー一杯で粘っていたファミレスをすぐさま出る。

それからファミレス前で櫂成と落ち合った瞬間、蒼依は異変に気付いて顔色を変えた。

「……櫂成さん、お風呂に入ったんですか……」

風呂上がりと分かるような、やけにいい匂《にお》いがするのだ。

櫂成が目を大きくした。

「あ、うん。分かる?」

　燿成の軽い返事に、身体中から嫌悪感が噴き出る。

「えええええっちなサササササービスしてもらったんですかっ⁉」

「いきなり『サービスはけっこうです』と言えば警戒されるから、シャワーだけな」

　燿成はそう弁解するが、インターネットによる情報で知ってしまったのだ。入室後にシャワーを浴びる際、男性は身体だけじゃなく、性器やアナルもヘルス嬢に洗ってもらうと書かれてあった。

　いっそう顔を顰《しか》めて後退《あとずさ》ると、燿成が「え?」と困惑している。

　蒼依は燿成を無視してすたすたと歩きだした。

　自分でもどこへ向かっているのか分からない。腹の底からぐつぐつと滾るような、胸がむかむかするような、筆舌に尽くしがたい負の感情が身体の中を渦巻いている。

　足が勝手に動いて、「今すぐ離れたい!」という思いで勢いよく進んだ。燿成の傍にいたら、この怒りをぶつけてしまう。

「お、おい、蒼依、どうした」

　燿成が追いかけてくるが、歩みをとめることなく進む。

　周りはピンサロ、デリヘル、風俗店紹介所、カラオケ店、ラブホテルが立ち並ぶ風俗店街だ。

「蒼依!」

いくらもしないうちに腕を掴《つか》まれた。蒼依が進もうとする勢いより、櫂成が引きとめる力のほうが強い。

「どうした」

振り向かされても、櫂成の顔を見たくない。斜め下ばかりに目をやる。口を引き結んでいないと、泣き出しそうな気分だ。

「俺がえっちなサービスをしてもらったと思ってんの？」

「……シャワー、浴びてるじゃないですか」

自分でもびっくりするくらい、低い声が出る。

「だから、まじで浴びただけだって。ちんこはさわらせてないし」

「……さわらせてない？　店の嬢リストで好みの人を選んだんですよね？　裸の女の人とシャワー浴びて？　さわらせてないけど、勝手にさわられたとか？」

とにかく疑う蒼依に、櫂成が「ふはっ」と笑う。笑われてまたむかっときた。

再び振り切って歩き出そうとすると、慌てて引きとめられる。

「ごめんごめん、でも嬢を俺の好みで選んだわけじゃないって。サイト内で嬢が客に対してコメントしてる掲示板とか写メ日記を総チェックして決めたの。さわられそうになったけど、ちんこはまじでとめた。ずっとヤってないし、まちがって勃ったら困る」

「…………」

本当にもうずっとワンナイトで遊んでないんだ、ということまで分かったが、自分の思い込みで一方的にふて腐れてしまったからばつが悪い。

「え、でもなんで俺、蒼依に謝んなきゃいけないの？」

曜成に問われて、蒼依は奥歯を嚙《か》んだ。曜成が蒼依に操を立てる必要なんてどこにもない。

「し、仕事中なのにって思ったから」

苦し紛れにそう返すと、曜成が「んん？」と顔を覗き込んでくる。顔を背けてその視線から逃げようとしても曜成が追いかけてきて、蒼依はとうとう俯いた。

「俺がヘルス嬢に身体をさわられるのもいやなのか」

「…………」

「口がへの字になってるやん？」

泣きそうなのを我慢しているのに、それをからかわれてますます顔が歪《ゆが》む。

曜成が困ったようにため息をつくので、顔を上げられない。

「蒼依……やきもちやいたのか？」

また子ども扱いするつもりの手で、曜成が蒼依の頭にふれてくる。

「やいてません」

低い声で否定し、それを手で押し返した。

「あまのじゃくかよ」

一度は押しのけたのに「蒼依～？」と宥《なだ》め賺《すか》そうとする櫂成に頭をなでられて、結局されるがままだ。こうして櫂成にご機嫌を取られてやさしくされることを、まんまとうれしいと思ってしまうのがくやしい。

「俺も嬢には指一本ふれてないからな」

櫂成がする必要のない弁解をさせてしまったけれど、その言葉でようやく安心して肩の力を抜いた。同時に頭をなでていた櫂成の手も離れる。

「蒼依のそんな顔、はじめて見た。そんなふうにふて腐れることもあるんだな」

櫂成にじっと見つめられて、見つめ返す。視線がほどけない。櫂成のその表情は、蒼依のことを面倒くさいと思っているのではなくて、なんだかうれしそうだ。

「なんか、ちょっと複雑な気分……」

櫂成が息をつくようにほほえむ。

「姿形はロキなのに、ロキは俺のすることにこんな表情で、こんな嫉妬《しっと》じみた反応はしないな。だから俺が今『かわいいな』って思ってんのは、蒼依に対してだ」

櫂成は話しながら自身の考えを確認しているようだ。

いくら口でやきもちじゃないと言い募っても、もうバレている。

櫂成のことを好きだということも、きっと。

「一瞬混乱はするけど、つくづく、俺の目の前にいるのはロキじゃないと感じるよ。俺が蒼依にそんな顔をさせたってことだよな？」

バレたことで頭はいっぱいで、蒼依は俯き、無言で何も返せない。ロキの姿で「好き」なんて言いたくない。耀成は実際、見た目がロキの蒼依に混乱もしている。

「ぼ、僕のことはいいので、今はだいじな仕事をしなきゃ。それで、どうだったんですか。ヘルス嬢のハルカさんはいたんですか？」

急に案件に話を戻すと、耀成も我に返ったように「あ……そうだな、仕事しなきゃな」と同意した。

「ハルカは現在もたしかに『はぁとのアリス』に在籍してる。勤務時間は十二時から十九時。だからこのあと退勤後に店を出てくるまで待機して、尾行する」

ハルカの退勤時刻まであと一時間ほどだ。ふたりは店の出入り口が見える雑居ビルの陰で待つことにした。

待つ間に、ハルカについて「俺が訊《き》いた嬢の話だと、かんじのいい美人で、クチコミサイトでも『サービス満点』の高評価だって」と耀成が語った。

「色恋する客を引っ張るのもうまいし、嬢のほうからガチ恋客を切るときはうまくフェードアウトするらしい」

「じゃあやっぱり……佐崎さんはヘルス嬢に恋心を燃え上がらせたストーカー……？」

「どうやら、そういうことでもないかもしれないんだ。ハルカは裏引きで客に貢がせてるという噂《うわさ》があるんだと」

裏引きというのは、店に内緒で客と会ったり、客から直接金を受け取ったりすることだ。ルール違反なのはもちろん、店外で会えば危険が伴い、何かあったときに誰も守ってくれない。

では、佐崎に対して行っていたのも裏引きにあたるのだろうか。

「さらに極め付きの情報が……」

そのとき、退勤時刻となる十九時より少し前に、ハルカが店から出てきた。ロングヘアーをうしろでひとつに束ね、ショルダーバッグを肩にかけて、綺麗《きれい》めなパンツスタイルだ。普通の会社員に見えなくもない。

櫂成が「行くぞ」と目で合図をくれる。

ハルカと距離を取りながら櫂成が尾行し、蒼依はさらに離れて追う。

電車を乗り継ぎ、駅で降りると、ハルカはスーパーに立ち寄った。ひとり分とは思えない食材やお菓子を購入する様子を確認する。

そしてスーパーを出たあと、数ブロック先の保育園へ入っていったので驚いた。

「ハルカさんには子どもがいる⁉」

「ハルカは十九歳で結婚してるんだと」

櫂成の言った「極め付きの情報」がこれだ。

蒼依は息を呑《の》んだ。では佐崎が言っていた「結婚の約束」は無理がある。

「え……っと？　佐崎さんがストーカーだから嘘を言ってるの？　それとも……」

「色恋営業、裏引きの噂……そこから想像するに、佐崎さんが、ハルカに騙《だま》されてるのかもな。面談のとき佐崎さんは『裏引きはしてない』と言っていたが、どうだろう。ハルカに渡した金を佐崎さんが『結婚資金』と思わされてる可能性もある」

佐崎がストーカーなのではなく、ハルカが詐欺まがいの色恋営業をしているかもしれないのだ。

「子どもがいることだって佐崎さんは知らないはずだ」

「いくら色恋営業だとしても、ひどい……」

客にひとときの夢を見せるのが仕事なのかもしれないけれど、騙していいはずがない。

「彼女には彼女なりの正義とか、護りたいものがあるのかもしれないけどな。人を傷つける嘘をつくやつに、俺はなんにも同情しない」

耀成の言葉が、ブーメランとなって蒼依の胸に刺さる。

「蒼依、入れ替わろう」

今ぼんやりしている暇はない。スーパーからは蒼依が耀成の前へ回り、尾行を続行する。人通りが少ない道で調査対象者がふと振り向いたときに「俺よりロキのほうが安全な人間に見えるから」だそうだ。

ハルカは左手にエコバッグ、右で五歳くらいの男の子の手を引いて車通りのある道を進む。

やがてマンションに到着し、親子が入っていった。その様子もカメラで押さえる。

セキュリティロックのかかったエントランスからは、何階へ上がったのかまでは確認できない。子どもがいることは証明できるが、夫や事実婚のパートナーがいるという証拠写真を撮るためには、再度休日を狙《ねら》うなど追加調査の必要がある。

蒼依がマンションを見上げると、櫂成が隣に並んだ。

「最寄《もよ》り駅から徒歩八分てところか。３ＬＤＫファミリー向けの分譲マンションだ。相場からいっても、そこそこ稼いでないと住めないだろうな」

実際は既婚者であるハルカが、結婚詐欺まがいの色恋営業をしていたのは確定だ。

「純な男の人を騙してまで、何を護りたいんだろう……。日々の生活？　このマンション？」

人の恋心を利用してまで手に入れたいほど価値あるものなんだろうか。

「それが自分の仕事だからって、悪いとも思っていないのかもしれないな」

罪悪感すらないから、彼女は鮮やかなまでに日常に戻れるのかもしれない。

では騙された佐崎はどうなるのか。ハルカは少しもそれを考えないのだろうか。自分のしあわせさえ担保されれば、他はどうでもいいのだろうか。

「佐崎さんにこれを報告しなきゃいけないなんて……」

胸が痛い。蒼依だってこれほどの衝撃だったのに、佐崎はもっと強いショックを受けるはずだ。櫂成の質問にひとつひとつ懸命に答えていた佐崎の姿を思い出して、いっそう胸が軋《きし》む。

「佐崎さん……大丈夫かな」

「事実を知れば傷つくだろうが、知らないまま囚われ続けるほうがもっと不幸だ。その先にしあわせがあるはずって、信じるしかないよ」

そのために通らなければならない試練だったとしてもつらい。

「いったん佐崎さんに嬢の個人情報が分からないかたちにして報告する。家族写真がないことに納得していただけなかった場合、詐欺で訴えるために証拠を固めたいとなった場合も、後日に再び張り込みだ」

十九時五十分に、ヘルス嬢・ハルカの尾行は終了した。

こうして人の秘密を知ると、誰も彼もが真実を隠して生きているような、何もかもが嘘のような気がしてくる。

探偵という仕事を十年も続けている櫂成は、こんな現実ばかりを垣間見るうちに、人を信じられなくなったりしないのだろうか。

そんなことを考えながら駅に戻る途中で、櫂成が「ありがとう」とほほえんだので、蒼依はなんのお礼だろうと首を傾《かし》げた。

「依頼人は現実を知ればつらいだろうけど、しあわせな未来へ向かうために区切りをつけられる。蒼依が依頼人の話にちゃんと耳を傾けて、調べてあげたいと言ってくれたからだ。俺は『依頼人がしあわせになるための選択を手助けしたい』っていう初心を忘れて邪推するばかりだったけどな」

「櫂成さんは『スパイダー探偵事務所』の代表なんだし、事務所のこと、一緒に働く僕や咲良さんのこと……守らないといけないものがたくさんあって、だから用心するのは当然だと思います」

「こっちが不利益を被るような、あやしい依頼を断ることは簡単だ。でも自分の目が猜疑心《さいぎしん》で曇って、保身に回りすぎて、見誤るところだった。だから、ありがとな」

櫂成の役に立てて、ロキの代役を多少は果たせた気がする。それは素直にうれしい。

――でも僕も……櫂成さんに話してないことがある。

せめて、自分だけは櫂成の前で嘘をついてはいけないのではないか。

たとえ彼をとりまく世界が偽りだらけだとしても、櫂成に自分の想いだけは絶対的に信じてもらうために。全幅の信頼を寄せてもらうために。

□　5　□

ヘルス嬢の尾行を終え、撮った写真を依頼人に渡せる状態に加工する。

万が一、依頼人の佐崎《ささき》にハルカの自宅を特定されれば、血迷った行動をおこす可能性もあるので、それは慎重に行った。

「すみません、もう少しで終わります」

すでに日付を越えている。蒼依《あおい》はどうしてもこの仕事を今日のうちに終わらせたくて、耀成《かいせい》に頼んで事務所に残らせてもらったのだ。耀成は「いいよ、べつに」と答えてくれた。

――耀成さんの前では正直でいたい。言えずにいたこともぜんぶ伝えて、そしたら、何かが変わるかもしれない。

この選択がどんな未来につながっているのかなんて、誰も答えを教えてくれない。でも怖《お》じけずに逃げずに決めたことだったら、後悔しないはず。

田舎から東京へ出てきたことも後悔したくないから、恋をしたいというささやかな希望だってかなえたいし、自立したおとなになりたい。自分のしあわせもたいせつだけど、誰かのために、何かがしたい。誰かの代わりじゃなくて、それは自分自身の手で摑みたい。

「櫂成さん、できました」

画像処理ソフトで加工した写真を見せると、櫂成が「おー、おつかれ」と労《ねぎら》ってくれた。

「蒼依ががんばってくれたおかげで、週明けには依頼人に報告書が渡せるな」

椅子から立ち上がった櫂成に頭をぽんぽんとされて、蒼依ははにかみつつ「あの……」と話を切り出した。

これまで櫂成さんに黙っていたことを、ロキさんの前でぜんぶ話そう——心の中にある決意を自分で確認し、にわかに緊張する。

櫂成のことが好きだから、ロキと入れ替わってしまった。それをずっと明かせなかった。自分が黙っていたことを櫂成が知ったら、どう思うのか。

彼の反応を想像するのもこわいけれど、もう覚悟を決めたのだ。

「あした休みだし、病院に行きませんか。眠ってる僕の身体とロキさんのところ」

すると櫂成がこちらをじっと見つめてくる。いつもみたいに普通に誘おう、と気負ったのが逆にぎこちなく映ったのか、彼は一瞬探るような目をした。

緊張が高まり、思わず目線を逸《そ》らしてしまう。

「……今週はまだ行けてなかったし、そうだな」

何か追及されるかと思ったが、櫂成はそう返して笑みを浮かべた。

ようやく帰ることになり、デスク周りを片付けて、蒼依はひとつ息をはいた。

もしも入れ替わりがとけたら、ドラマや映画みたいにここでの日々を忘れてしまうのだろうか。ロキの代わりに自分ができたことはほんの少しでも、忘れたくないと思える毎日だった。

――眠ってて何も知らないロキさんは、寝てるうちに勉強をやってくれるこびとさんでも来たのかなって、不思議に思うかもしれないな。

櫂成からも咲良《さくら》からも忘れられてしまうかもしれない。車の事故に遭ったのだし、入れ替わりがとけた途端に自分は死ぬかもしれないというこわさもある。

――でもこのままでいいわけがないから。あしたちゃんと、櫂成さんに話そう。

ただの勘でしかないけれど、自分の胸の中にあることをぜんぶ話せたら、入れ替わりがとけそうな気がするのだ。

蒼依は四角の付箋《ふせん》にメモを書いて、それをディスプレイの下部にぺたりと貼《は》りつけた。


翌日、入院患者の面会が可能となる十四時まで待って、櫂成とともに病室を訪ねた。

ベッドの上の『蒼依』は、すやすやと眠っている。ふたりはいつもそうするように、『蒼依』を挟むかたちで向かいあい、パイプ椅子に座った。

櫂成は『蒼依』を見て、「のんきなもんだな」と苦笑いした。

「早く戻ってきてほしいって、こうして何度も言ってるのに。聞こえてるなら返事をしてくれ、ロキ」

切なさを帯びた櫂成の呼びかけに、『蒼依』は何も答えない。

でもロキだって、自身の身体に戻りたいに決まっている。それをさせなくしていたのは自分だと思うと、固めてきた決意が喉《のど》に詰まったように言葉がなかなか出てこない。

蒼依は緊張して、そっと深呼吸した。

奇妙な沈黙が続き、櫂成はこちらを一瞬見たものの何かを察しているのか無言だ。

きっと待ってくれている。蒼依が自ら話しだすのを。

「……櫂成さん……」

意を決して呼ぶと、櫂成が「ん?」と目線を上げる。

こちらに向けられたそのやさしいまなざしに、勇気を貰《もら》う。

「僕……探偵のお仕事、楽しいです。おもしろい。前も言ったけど」

「うん、そうか」

「もしこの入れ替わりがとけても、『スパイダー探偵事務所』で働けたらいいのになぁって思うくらい。人のしあわせにつながるお手伝いができる、やりがいのある仕事だと思います」

櫂成は「二人体制に限界を感じてたし、人手が増えれば仕事も増やせる」とうなずいている。

本当に希望がかなうかは分からないけれど、それを考えるのは戻ることができたあとだ。

「人の心の闇みたいなものにふれると複雑な気持ちにもなるけど、人間って愚かで、ずるくて、嘘つきで、必死で、不様で、なんか……愛《いと》おしくも感じます。櫂成さんって、結局、人が好きだから、この仕事をしてるんですよね」

ともすれば人を信じられなくなりそうな仕事だが、有象無象もすべてを受けとめて、他人のしあわせを願っている。一緒に仕事をして、そんなふうに感じたのだ。

櫂成はこちらを見つめ、肩の力をぬくようにしてほほえむ。

「……そうだな。人を好きじゃなきゃ、やってらんないよな。なんでおまえ浮気すんの？　子どもがかわいくないの？　人を裏切りながらセックスすんのがそんなにイイのかね……とか、思うけどどな。それが人間なんだろうなって、ばかで愚かで、いっそ愛おしいよ」

「うん、すごく分かる。でも、それはあきらめでもあるから、僕はいちばんたいせつだと思う人を裏切りたくないな、嘘はつきたくないなって、思った。『不作為の嘘』も、嘘だし」

櫂成は蒼依が何かを打ち明けようとしているのを感じているようで、ずっと目を合わせたまま、言葉のひとつひとつにうなずいている。

「櫂成さん。僕、あなたに話していないことがあって」

「……うん」

蒼依もまっすぐに櫂成と目を合わせた。

「僕、ロキさんのことを、うらやましいなぁって思ってたんです。櫂成さんの恋人だと思ってたから。ほんとはちがったんだけど」

苦笑いする蒼依の話を、櫂成はただうなずいて聞いてくれている。

「ロキさんとはバーで数回と、あの事故が起こったカフェの一回しか会ったことない。なのに、入れ替わりに巻き込んでしまったのは、たぶん僕の想いのせいなんです」

ロキも聞いているかもしれない。だから蒼依は『蒼依』を見遣《みや》った。

あのカフェで見たふたりの姿、ふたりの会話、そして自分の心情を思い出す。

「ロキさんと櫂成さんが『ごはん何食べよう』『温泉に行きたいな』って相談してるだけでもうらやましくて。『ふたりはキスも、えっちも、してるんだよな』って、『櫂成さんの恋人なんていいなぁ』って。僕は何も経験がないから、『僕のはじめてが櫂成さんだったらしあわせなのに』って、ないものねだりを……。奪い取りたいと思ったわけじゃなかったんだけど……僕の強欲で、こんなことに」

しあわせになってみたいなという気持ちで、なんの罪もない人を巻き込んでしまった。

「強欲なんて……そんなふうに思わないよ。俺を想ってくれただけだろ。謝らなくていい」

「この入れ替わりは僕のこの想いのせいだって、なんとなく分かってたんです。でも言えなくて。こんなことを話したら、櫂成さんに、きらわれるんじゃないかって」

きらわれる、と言葉に出した途端、ぼろぼろと涙がこぼれだす。泣いて慰められたいわけじゃないから、それをぐいぐいと拭《ぬぐ》った。

「きらわねぇよ。人間らしくて、蒼依のことがかわいく見える」

「かわいくないです。強欲おばけです」

　櫂成は「強欲おばけか」と薄く笑っている。

「前にも言ったけど、あの事故は蒼依のせいじゃない。蒼依だって被害者のひとりだ。入れ替わりなんて超常現象で、おまえだっていろいろたいへんで、先が見えずに怖かっただろうし、言えないことを抱えて苦しんだだろうなって、同情する。だから責める気はないよ」

　だいじなことを明かさず嘘をついていたも同然なのに、櫂成は心を寄せてくれる。心の底から申し訳ないと思っているけれど、そんな彼のやさしさがうれしくもある。

「それに、強欲っていうか、入れ替わりがおきてしまうほど蒼依の想いが強かった……ってこと、だよな？」

　やさしく確認するような櫂成のその問いかけにうなずくのはずるい気がして、蒼依はただ俯いた。でもそのとおりだ。自分は櫂成の特別になりたかったのだ。

「それほど強い想いなんて、すごいな」

　蒼依は何も答えなかったけれど、櫂成には伝わっている。

「……僕のこと、こわくないですか」

　櫂成は柔らかにほほえんで、ため息をつくように笑った。

「そんなことないよ。うれしい」

きらわれる、と思っていたから、耀成のその言葉でまた涙がいっぱいに溢《あふ》れてくる。

「俺が知ってる蒼依は、かわいいだけじゃないよ。預かってるロキの身体をたいせつにしてくれてる。仕事を一緒に楽しんでやってくれて、任せたことに対する責任感も強い。もともと真面目なんだろうな。咲良さんが重い荷物を持ってたら気がついて手伝ってくれたりさ。親御さんからそういうふうに育てられたんだろうなって、心のあたたかさを感じる」

耀成のやさしい笑みと言葉に、胸が震える心地だ。

「だから、しあわせになっていいんだよ。それを咎《とが》める権利なんて誰にもない」

あぁ、この人を好きになってよかったと思う。

「ロキさんと耀成さんが恋人同士じゃないって知ったあとも、ロキさんのことがうらやましかった。耀成さんのバディで、耀成さんに信頼されてて、必要とされてるから。僕も、そういう存在になりたいなって……それが僕の思う、僕が欲しいしあわせなんです」

誰でもいいわけじゃなくて、やっぱり、耀成にそう想ってほしいのだ。

「俺は蒼依を信頼してたし、必要としてたぞ。おまえはたしかに俺のバディだった」

耀成が真剣な顔つきできっぱりそう断言してくれた。

「……ほんと……？」

「嘘なんかつかねぇよ」

ぜったいにロキほど役に立てたはずはないのに、ささやかながんばりと存在を認めてくれて、耀成にやさしい笑顔でそんなふうに言ってもらえて、本当にうれしい。

「耀成さんの仕事のバディはロキさんだから、僕は耀成さんにとって安らげる存在になりたいな。おまえといると楽しいとか、ほっとするとか思ってもらえるような、心で寄り添えるバディになりたい」

恋愛でつらい経験をした彼が、また恋をしたいと思ってもらえる存在になると誓う。

「……僕は、僕に戻りたい……！」

ぎゅっとこぶしを握り、心の底から湧く思いを声にのせた。

「僕に戻って、ロキさんの代わりでも、ロキさんとしてでもなくて、耀成さんに『おまえが必要だ』って想われたい……！」

顔を上げると、耀成はやさしい笑みを浮かべたまま見つめてくれる。

「俺は、ロキの姿じゃない、本物の真野《まの》蒼依に会いたい」

「……耀成さん……」

「蒼依の声で、俺を呼んでほしい。俺と話すとき、笑うときの蒼依が見たい。泣きべそだったり、ひどいやきもちをやいた顔の蒼依にも会いたいよ。おまえが俺の傍にいないなんて、想像もしたくないな」

耀成が「蒼依に会いたい」と言ってくれた。笑顔のときもどんなに不様で情けないときも、耀成は必要としてくれる。

欲しかった言葉を笑顔で告げられて、胸が歓喜に震えた。

「耀成さん……こっちの『蒼依』のほうを見てて」

「え?」

訝《いぶか》しがる耀成に、「お願い」と懇願した。

うなずいた耀成は、眠ったままの『蒼依』を見つめる。

蒼依は耀成の整った横顔を視線でなぞった。

大好きな人のかたちを目に焼きつける。

「耀成さんのことが、好きです」

気持ちは自分自身の口から伝えたかったけれど、今はこうするしかない。でも耀成はちゃんと『蒼依』から発される言葉として聞いてくれているからいい。

「耀成さんは覚えてなかったけど、バーで僕を助けてくれたときから気になってて。お店に来てくれるだけで、どきどきして、目で追ってました。だから素敵な人だっていうのは知ってた。でも一緒に仕事をして、一緒に暮らしたら、もっと好きになった。好きだから、耀成さんの前で嘘はつかない」

やっと伝えられた。すべてを打ち明けたら心がふわりと軽くなった気がする。

でもまだ入れ替わりはとけない。

「もし入れ替わりがとけて元に戻れたら、もう一回、ちゃんと僕の身体で告白してもいいですか？」

　燿成は蒼依と目を合わせて、「あぁ。待ってる」と笑顔でうなずいてくれた。

「僕の気持ち、ぜんぶ打ち明けたけど……どうやったら戻れるんだろう……」

　早く戻りたい。ちゃんと蒼依自身の身体で、燿成と向きあいたい。

　藁《わら》にも縋《すが》る思いで、蒼依は『蒼依』の手をぎゅっと摑んでみた。

「ロキさん、起きて！　元に戻って……！」

　目をつむって強く心でも念じ、そっと目を開ける。でも『蒼依』は眠ったままだ。

　その様子を見守っていた燿成が「さわってても摑んでもだめか……」と眉をひそめる。

　もうこうなったら、思いつくことを片っ端からやるしかない。

「……あ、寝てる僕に、僕が上から覆いかぶさったりするのはどうかな」

「覆いかぶさる？　『蒼依』の上にのっかるってこと？」

「そう。身体と身体がぴったり重なるかんじで。幽体離脱の逆っていうイメージ」

　しかしその提案に燿成は瞠目《どうもく》し、口をぱくぱくさせたあと、なぜか怒ったような険しい顔をする。

「なんでも試してみたほうがいいと思う！」

　そう訴えると、燿成の憤りが倍に増した。

「はぁっ？　さわってても摑んでもだめだったのに、そんな破廉恥《はれんち》なことまでしなくてもいいだろうがべつに」

「破廉恥？　でも、試すだけでも」

「た……試すだけって……試すだけでもいやなんだよ、俺が！　ロキが蒼依の上にのっかるのを、俺に黙って見てろってか。ていうか、だいたいおまえ、お、俺じゃなくて、ロキにのっかられてもいいのかよ」

「のっかられ……って……、そんなえっちな意味じゃ」

「さっき『僕のはじめてが櫂成さんだったらしあわせなのにって思った〜』とか言っといて」

そんなふうにそのせりふを持ち出されると、猛烈に恥ずかしくなってしまう。

「蒼依のはじめての、その相手がロキって、どう考えてもおかしいだろ」

しかし入れ替わりをとくために試そうとしているだけで、性的な要素も感情論でもないはず
なのだが、「うわ、想像するだけでむかつく」と櫂成はとにかく納得できないみたいだ。

「その！『蒼依』の手をいつまでも握ってるのだって！　視覚的にちょっと、もやっとする」

そう指摘され慌てて『蒼依』から手を放したが、自分が自分の手を摑んでいただけだ。

気持ちが収まらない様子の櫂成は、今度は『蒼依』に向かって「おい、ロキ！　おまえがい
いかげん目を覚ませ。いつまで蒼依の中に居座って寝てるつもりだ」と絡みだした。

「ロキさんの身体をのっとったのは僕で、返さないといけないのは僕のほうだから」

「なんだよ、おまえどっちの味方なんだよ」

「どっちの味方とかそういう話じゃないってば。どうしたんですか急に」

蒼依が宥《なだ》めると、櫂成が何か耐えるように口を引き結び、やがてため息をついた。

「とにかく、試すだけっていうのでも俺はいやだ、ぜったい。ていうか、そもそも蒼依がいやがれよ。おまえの身体なんだから」

櫂成は言うだけ言って、ばつが悪そうな顔をする。

「それは……僕がロキさんにさわられるのもいやで、やきもちをやいてるんですか？」

その問いに、櫂成がぐっと奥歯を噛んで言葉を呑み、「俺はこっちの『蒼依』の代わりに怒ってるんだ」と斜め上な言い訳を不興な顔つきでぼやいた。

ロキに『蒼依』がふれられるのすらいやだなんて、蒼依が「ヘルス嬢に櫂成さんが身体をさわられるのもいや」と憤慨したのとなんら変わらない。

「櫂成さんも、あまのじゃく……じゃないですか」

ついきのう櫂成としたのと同じやりとりだ。今日は立場が逆転したかたちになった。

櫂成がついに苦笑いする。だから蒼依も頬をゆるめた。

「……あ……ということはだよ。俺が蒼依の願いをかなえれば、入れ替わりがとけるんじゃないか？」

「僕の願い？」

櫂成は「そうか」と何か閃《ひらめ》いたように目を大きくする。

「『蒼依』のはじめてのキスを俺がする！　そうだ、それならいい。ロキにいっさい手出しはさせない」

これぞ名案とでも言いたげな櫂成に唖然としていると、強引に手を掴まれた。

『僕のはじめてが櫂成さんだったら』を、かなえられたらうれしいが。

「蒼依、とにかくやってみるぞ！」

「さっきは僕に試すのもだめって言ったくせに」

そんな小さな反論に、櫂成は「俺のはちゃんと根拠がある」と謎《なぞ》に自信満々だ。

「蒼依の願いをかなえるためでもあるけど、何より俺が、本物の蒼依に会いたいからだ。蒼依、俺のキスで目覚めてくれ」

櫂成のほうから指を絡ませてきて、ふたりはしっかりと手をつないだ。

櫂成からのキスで、おとぎ話みたいに目覚められるのだろうか。

互いに見つめあったまま、『蒼依』の手に両側からふたりとも手を重ねてうなずきあった。

「か、櫂成さん……、僕がもし、入れ替わりの間に起こったことを忘れてしまったら」

忘れたくない。櫂成が「蒼依に会いたい」と言ってくれたことも。入れ替わってからの日々も。そんな必死な思いで訴える。

「そうなったとしても、俺が覚えてる。おまえは俺が好きなんだろ？　もう一回、今日と同じくらいに好きになってくれよ。俺は待ってるから」

たとえ自分が忘れたとしても、櫂成が覚えていてくれる。

「眠り姫をキスで起こす王子さまって、こんな気分なんだな」

「どんな？」

「ちょっとてれくさい」

まさにてれ笑いを浮かべる櫂成を見て、大好きで、胸がきゅうっと軋《きし》めいた。

そして櫂成が『蒼依』に身を寄せ、くちづける。

まるで何かの映像を見ているみたい、と不思議な気持ちで見守っていたとき、自分のくちびるに何か柔らかなものがふれたような――……。


いつの間にか閉じていたまぶたをゆっくりと上げたとき、目に映ったのは看護師や医師の姿だった。

「真野さーん？　分かりますか？　真野蒼依さん、聞こえますか？」

点滴を取り替えている看護師にそう呼びかけられ、声を出そうとしても出なくてぱちぱちとまばたいた。横から今度は男性医師が顔を覗《のぞ》かせる。

「声帯を使ってなかったからすぐに声は出ないですけど、大丈夫、安心して。真野さん、カフェで車の事故に巻き込まれて一カ月ちょっと眠ってたんですよ。大きな事故だったのにほとんど外傷もなく、意識が戻らないのに脳にもダメージがないなんて奇跡だよ」

医師の言葉を、不思議な気持ちで聞いた。

窓の外の薄暗い空は、裾《すそ》のほうが綺麗な桃色に染まっている。

「事故に遭ったのは一月末。今日は三月四日、今の時刻は十七時半です」

看護師から丁寧に知らされて、蒼依は小さくうなずいた。

カフェでの事故について、車のヘッドライトが向かってきたところまではなんとなく覚えている。たしか事故に遭ったのも、これくらいの時間帯だった。

ひと月以上も寝ていた気がしない。

――とても長い夢を見てた……？

なぜだか自分は探偵になって、調査対象者を尾行したり、証拠写真を撮ったりしていた。たいしたスキルもないのに、証拠画像や動画の編集を任され夜遅くまでがんばったりなどして。それもめちゃめちゃイケメンになってだなんて、身の程知らずで厚かましい。

「あら、笑ってる？」

それに気付いた看護師に「楽しい夢でも見てたんですか？」と問われる。

――……夢？　ぜんぶ夢？

カメラを持つ手に重ねられた人の手のぬくもり。後頭部をぽんぽんとされた感覚。子どもにするように頭をなでて褒めてもらったこと。

大好きな人の笑顔を思い出して、蒼依はしっかりと目を見開いた。

頭の中で、オセロの石がぱたぱたと黒からぜんぶ白に変わっていくみたいに、これまでの記憶が鮮明によみがえる。

——ちがう、夢なんかじゃない……！

ここに、ベッドの横に一緒にいたはずだ。「眠り姫をキスで起こす王子さまって、こんな気分なんだな」と浮かべたてれ笑い、つないだ指、ロキの身体だったのにシンクロしたように櫂成のくちびるがふれた感触を思い出せる。

蒼依は口をぱくぱくさせた。でも吐息しか出ない。彼の名前を声にのせることができず、もどかしい。それでも蒼依は「何？　どうしたんですか？」と耳を寄せてくれた看護師に懸命に訴えた。

「かいせいさん」

たいせつな人の名前。吐息だったけれど、何度か繰り返すうちに「かいせいさん？」と理解してくれて、蒼依は目にいっぱい涙を浮かべた。

「あ、あぁ、真野さんが目覚めたとき、ここにいた方たちから名刺をいただいて……『スパイダー探偵事務所』の久住《くずみ》櫂成さんね。あなた朦朧《もうろう》としてたのに、ここにいたのが分かるの？」

驚いている看護師の反対側から医師が顔を出す。

「いろいろと処置があって、あなたのご家族の方ではなかったから帰っていただいたけど。ふたりともとても心配されてたから、身体が動くようになったら連絡を取ってみてください」

夢なんかじゃない。覚えている。ぜんぶ現実におきたことだ。

——よかった。ちゃんとロキさんはロキさんに戻れたんだ……。

心の底からほっとして、熱い涙をこぼして目を閉じた。

□ 6 □

事故に遭った一月末はまだコートが必要なほど寒かったのに、三月も残り十日ほどとなって
このごろはすっかりあたたかな毎日だ。全国のあちこちで桜の開花宣言が出されている。

目覚めたあとのリハビリは順調に進み、理学療法士、リハビリの担当者からも「事故で意識が戻らなかったんじゃなくて、ただ眠ってた人が目覚めたかんじ」と不思議がられた。

目が覚めてから二週間ですっかり元気になって退院したとき、ずいぶん心配をかけてしまったマスターは泣いて喜んでいた。入院中の身元保証人としてお世話もしてもらって、マスターにはいくら感謝してもたりない。

「アオイくん、『アルディラ』に復帰おめでとう〜！」

退院の翌日、マスターはパーティー用の小さなくす玉まで用意してくれて、蒼依《あおい》は「ありがとうございます」とお客さんたちも巻き込んだお祝いに笑顔で会釈した。くす玉からは『アオイくん、おかえりなさい』の垂れ幕や銀テープ、紙吹雪が舞う。

お客さんたちも「アオイくん、元気になれてよかったね〜」「帰ってくるのを待ってたよ」

と言葉をかけてくれて、蒼依は「マスターやみなさんのおかげです」と乾杯した。

退院して間もなく復帰初日ということで「今日は少し早めに上がっていいからね」とあらかじめマスターにおゆるしを貰っている。身体は元気だけれど、いきなりの立ち仕事だと疲れるだろうというマスターの配慮をありがたく受けることにした。

バーカウンターの内側に立って、ひさしぶりにお客さんたちにカクテルを作る。

この仕事も好きだ。東京に来てはじめて受け入れてもらえた場所。それを与えてくれた人たち。蒼依の復帰を喜んでくれる人たち。

事故に遭って、入れ替わりなんて不思議な体験をして、些細《ささい》なことにも感謝したいという気持ちが強くなった気がする。

「いらっしゃいませ。あら、今日はおふたり？」

マスターがお客さんを出迎える声に気付いて、蒼依はそちらに目を向けた。

權成《かいせい》とロキだ。ふたりから目を離せない。

ふたりはマスターに挨拶《あいさつ》したあと、案内されて蒼依の目の前のバースツールに腰掛けた。

「蒼依、退院おめでとう。この日を待ってた」

權成のやさしい声と表情に、再会できた感激で胸が震える。權成の隣に座るロキも、薄い笑みを浮かべて「どうも」と軽く会釈してくれた。

「マスターから『喋れるようになってきた』『少し歩けるようになった』って細かく報告を貰っ

てた。リハビリ、がんばったな」

目覚めたあとはリハビリの日々で、病院から「家族か身元保証人でなければお見舞いはご遠慮ください」とお達しが出ていたのだ。

「うん。ありがとう」

「よく考えたら、俺、蒼依のＬＩＮＥとか知らないしさ。一緒にいるときは普通にやりとりしてたからうっかりしてたけど、あれロキのスマホだもんな」

燿成の発言から、彼がロキにすべて話してくれたのだと察する。

あらためて燿成が「教えて、蒼依のＬＩＮＥ、携帯番号も」とスマホをこちらに向けるので、それに応じて連絡先を交換した。

「ロキさん……いろいろとすみませんでした」

ここで入れ替わりについて話を広げるわけにいかず、言葉を濁しつつも謝ると、ロキは「そもそもあの事故は蒼依くんのせいじゃないから、謝ることない」と返してくれる。

「ロキさんのスマホも勝手にさわっちゃったけど、人に見られたくないだろうなってところは見てないので」

ロキが「スマホ以外はどこをさわられたんだろ」なんて言うから、蒼依は困ってしまった。

「さ、さわったっていうか、どうしてもふれないといけない場合とかあって」

「えっ、どこ？　どんな場合？」

　すると櫂成が「おまえそれちょっとセクハラだ」と突っ込み、ロキが「自分のシモ関連のことは気になるだろ」なんて綺麗な顔で言うから、蒼依は破顔した。

「はいはい、ロキはその辺でマジやめとけ。蒼依、ロキの相手はしなくていいからな。こいつ、蒼依みたいな子にちょっかいを出したり、いじわるするのが好きなんだ」

　ロキが櫂成をにやにやしながら見て、「ふーん」と意味深にこちらを見てくる。

　そのあとは蒼依がふたりのためにカクテルを作った。

「ロキさん、身体は大丈夫ですか？　僕の身体の中にいた間は、どんなかんじだったんだろうって気になってました」

「俺は元気だよ。ほんとにただ『寝てた』かんじ。ときどき誰かになんか話しかけられてんなって感覚はあった気がするけど、内容まではよく覚えてないな」

　入れ替わりがとけたあとのロキの身体にも異変はないとのことで、蒼依もほっとする。

「蒼依くんが俺の代わりに仕事をしてくれてたって、櫂成から聞いた。ありがとう」

「畑違いの未経験の仕事で、ぜんぜん、少ししかお手伝いできてないですけど……」

　入れ替わりを経て、三人でこんなふうに向き合って話すのははじめてなのに、なんだかはじめてじゃないような、ちょっと変なかんじだ。

「そういえば蒼依くん、俺のデスクに付箋のメモを残してたろ」

　ロキに話を振られて、蒼依は「あ、はい」とうなずいた。

「『今度は櫂成さんと一緒に飲みに来てください』――俺最初なんのメモなのか分かんなかったけど、櫂成が『これ書き残したの、蒼依だ』って」

櫂成とまた会いたいという気持ちももちろんあったけれど、入れ替わりがとけたらまず、ロキに謝りたかったし、三人で話してみたいと思ったのだ。

「俺には、なんの書き置きもなかった」

櫂成が不満げに言うので、蒼依は「すみません」と笑った。

「櫂成さんには、僕から会いに行こうと思ってたし。でもロキさんとも話したかったから」

そう言って櫂成をうっとりと見つめると、櫂成は「あぁ……そう」とてれくさそうにして、ロキは「何、俺もしかしてダシに使われてる？」とにやっとする。

そのあとも新たに入ってきたお客さんたちに囲まれるなどして、あっという間に時間が経った。

「アオイくん、今日はもう上がりなさい。身体をゆっくり休めてね」

マスターに声をかけられ、ぺこりと頭をさげる。

「俺が蒼依を送ってくよ」

そう声をかけてくれたのは櫂成だ。蒼依はどきりとしつつ、笑みをこぼした。

しれっとした顔の櫂成の横で、ロキが「俺はじゃあ、先に帰ろうかな」と気をきかせ、マスターは櫂成に「あら……じゃあ、よろしくね」とにっこりほほえむ。

「あのロキって人、櫂成くんの恋人じゃないそうね。よかったじゃない」

去り際にマスターからそう声をかけられ、「がんばんなさい」と笑顔で応援してくれた。


櫂成はバーを出たすぐのところの壁に寄りかかり、蒼依を待っていた。

「おう。復帰一日目、オツカレ。みんなにちやほやされて、楽しそうだったな」

「うん、楽しかった。しあわせだった」

素直に答えると、櫂成が笑う。深夜になっても賑《にぎ》わう歓楽街を、ふたりは進んだ。

「家、大塚《おおつか》って言ってたよな。新宿《しんじゅく》から山手線？」

「……はい。でも終電まではまだ時間があるので、今すぐ帰らなくてもいいかな」

櫂成の足がとまり、蒼依は振り向いた。櫂成は驚いた目でこちらを見ている。

「……なんか、調子狂う……。蒼依ってそういうこと言うタイプだっけ……」

「……言ったことないけど、でも、このままだとほんとに家まで送ってばいばいされそうだな、って」

櫂成が再び歩きだしたので、蒼依も横に並んだ。

「マスターと約束してるからな。ちゃんと家まで送り届けるって」

「おとななのに、そういう約束ちゃんと守るんだ……」

耀成は「ぐあっ」と奇声を上げて、「いや、あのな」と落ち着きを失っている。

「俺から見たら、『蒼依』とこんなふうに話すのはまだ不思議な感覚なんだ。でも俺は蒼依のことはすごく知ってる。だから変なかんじがする。うまく説明できないけど」

「耀成さんが戸惑うのも分かります。でも僕から見たら、耀成さんは耀成さんのままだから。もう少し一緒にいたいな。公園のベンチで話すとかでいいんで」

「え？」

「え……って、なんですか？　べつに今すぐにキスしてほしいとか、そういうことは思ってません」

それに対し、耀成が「あ、そ、そうか、うん」とほっとしたような顔をする。

耀成のそんな反応は少し切ないけれど、彼がこちらの好意につけこむような軽い男ではない証拠だ。それに入れ替わりの弊害としてそういう反応も当然だと思うから、内心で「これから僕ががんばるしかない」と自分の気持ちを切り替えた。

「分かってます。急に今までどおりにしてくれって言われても、無理があることぐらい。だから、僕はロキさんじゃなくて本当の僕の姿で、耀成さんともっと話したい。僕を知ってほしい」

今度は真野蒼依としてあらためて関係を構築しなければいけないから、ぐずぐずしたりもじもじしている場合じゃないのだ。

「耀成さんに好きだって伝えてしまったから、思ったことをなんでも言えるようになりました」

　それに、彼の前で隠し事はしないと決めた。

「……そうなの？」

「心がラクになった。僕が耀成さんを好きなことを、耀成さんが許してくれたから」

「許すっていうよりか、自由だろ、それは」

「拒絶されてない、っていうのとは大差あります。人を好きになるのって、そんなに自由なことではないですよね。探偵の仕事をして、学びました」

　耀成が自動販売機でコーヒーを買ってくれて、ふたりでガードパイプに腰掛ける。

「なんか、この二週間くらい会ってない間に、ずいぶんおとなになったな」

「……僕、おとなですよ。きらわれたくないからずるいことだって考えるし、好かれるにはどうしたらいいのかなって算段もする」

　正直に言いすぎかなとも思うけれど、耀成にはぜんぶバレているので隠してもしょうがない。

「耀成さんに再会したら、僕の気持ちを自分の口で伝えるって決めてました」

　蒼依が切り出すと、耀成は無言でうなずいた。

「耀成さんのことが好きです。大好きです」

　隠さなくていいと分かっているから清々《すがすが》しい気分で、素直に言葉にできる。

　櫂成はそんな蒼依を見つめて「……うん」と受けとめてくれた。

「入れ替わってからの一カ月くらい、櫂成さんと一緒にいられて、しあわせだった。楽しかった。だから戻ってしまったら一緒にいられる時間が減って、それは正直さみしいです」

「俺も、さみしいなと……。早く蒼依に会いたいと思ってた」

　櫂成にそんなふうに言ってもらえて、うれしい。

「お店にも来てほしいけど、お店じゃないところでも会いたいです」

　蒼依の訴えに、櫂成が「うん……」と思案した。

「……時間合わせて、デートでもする？」

　少してれくさそうに誘ってくれる櫂成のことが愛おしい。

「あ、だったら僕、カメラが欲しい。櫂成さんと一緒に選べたらいいな」

「そんなのはいつだって……。でもそれ、デートか？」

「好きな人とすることは、なんだってデートです」

　にこにこと返すと、櫂成は目を瞬かせて、ふふっと笑った。

「なんかそんなにたくさん好き好き言われてると、俺も好きな気がしてくるな。蒼依のことは『かわいい』と思ってるわけだし」

　好意的に想われているなら、このリスタートはきっと有利だ。

「気がするじゃなくて、僕を好きになってもらいたいから、がんばります」

「……今でもけっこう、好きだぞ」

「じゃあ、手をつないでもらってもいいですか？」

ずうずうしいお願いに耀成が「めっちゃぐいぐいくんな」とうろたえる。

「それがいやなわけじゃなくて、俺、手とかつないだことないんだけど」

「だったら僕が最初だ」

ガードパイプから降りて「はい」と手を差しだしたら、耀成が服で自分の手をごしごしと拭《ふ》いて、もぞもぞとつないでくれた。蒼依が引っ張ると、耀成も歩きだす。

「ひーっ……、なんだこれ、小っ恥ずかしい……」

てれまくる耀成の顔を、横から楽しげに覗き込んだ。

「こういう耀成さん、新鮮だし、好きだな」

「からかうなよ」

「からかってないよ。好き」

何回だって言いたい。ひとつひとつ、耀成の心に届いて積もるといい。

てれている耀成の隣に並ぶ現実がしあわせすぎて、うれしくて、ふと目線を上げた。

はじめてこの街に足を踏み入れたときは、ネオンの煌《きら》めきも禍々《まがまが》しいものに見えるほど不安しかなくてこわかったけれど、今はなんだかきらきらして映る。

「自分のしあわせを求めて、僕は僕のために生きてもいいはずって思って、田舎から上京しました。でも今は、少しちがうんだ。誰かに必要とされたい。傍にいてほしいって思ってもらえるような自分でいたいです。いちばんは、『大好きな人』にそう思われたい」

あなたです、という気持ちを伝えたくて、櫂成とつないだ手にそっと力を籠めた。

言いたいことが伝わったようで、櫂成が「う……ん」とてれくさそうにする。

「櫂成さんを、僕がいないとだめな人にしたい」

「……えっと、ど、どういうこと？」

「もちろん依存じゃなくて、櫂成さんにとって、傍にいると安心できて、手放せない存在になりたいんです」

すると櫂成は戸惑いとてれくささの滲《にじ》む表情で「あぁ……うん」とうなずいてくれた。

「また、ごはんを作ってあげたいな。ベタだけど胃袋を摑む作戦です」

手の内を明かして、想いを全開にする。だってもう隠さなくていいのだ。

「もちろん、ロキさんの分も一緒に。仕事忙しいと外食が増えるじゃないですか。ふたりとももうアラサーなんだし、身体の中から健康に注意しないと。あと、いつも掃除が雑だから、僕がいなかったこの二週間でけっこうな汚れ具合になってませんか？」

蒼依に押されて、櫂成が「まぁ、行き届いてはないな。忙しかったから」といつもの言い訳をする。

「それだけじゃなくて、仕事でも、誰かのために自分ができることをしたい。自立して東京で生活するために、正社員の仕事を探そうかなって思ってます。すでに持ってる資格を使うか、ぜんぜん別の仕事をするか、ちゃんと考えて探さなきゃ」

「もし調査員として働く気持ちがあるなら、大手や中堅の探偵事務所に知り合いがいるから紹介できるよ。あとは、うちにスカウトするっていうのを真面目に考えてもいいと思ってるし」

「紹介していただけるのでも、どちらでもうれしいです。探偵のお仕事はやりがいがあって、好きなんで」

「ロキにも相談して、探偵事務所のこれからのことを踏まえて真剣に考えるよ」

『スパイダー探偵事務所』は個人経営の探偵事務所だから、思ったようになるかは分からない。だからちゃんと他の仕事に就くことを念頭に、身の振り方を決めようと思っている。

　蒼依が通行人とぶつかりそうになり、つないだ手を権成がさりげなく引き寄せてくれた。つないだときよりしっくりきているかんじのする手と手。この手を自分からはぜったいに放さないと誓う。

　指に少し力をこめると権成も同じ強さで返してくれる。そのしっかりとつながった手を見下ろし、蒼依は喜びを噛みしめて顔を上げた。

「そういえば、ヘルス嬢の所在調査の件、どうなったんですか？　僕、ずっと気になってて」

「あれな、やっぱり佐崎《ささき》さんは『結婚資金』だと思ってハルカに金を渡してた」

「あー、やっぱそうだったんだ……」

「今日『前向きに新しい出会いを探そうと思います』ってメールがきてたよ」

ふたりで一緒に人のしあわせを願いながら、手をつないでネオンが煌めく歓楽街を歩く。

恋の花が開くのはもう少し先になりそうだけれど、春の訪れを感じる、ほんのりあたたかな夜だった。

踏み出したら恋人になれました

□ 1 □

『おふたりのご関係は？』

情報番組でよくある街頭インタビューだ。恋人未満の空気を漂わせる男女が『……友だち、です』と質問に答えるのを見て、蒼依《あおい》は朝食のパンを片手に「ふむ」と唸《うな》った。

もしあのような場面で自分の隣にいるのが櫂成《かいせい》だったら。たぶん彼らと同じニュアンスで「友だち（なのかな）」とか「知人（というのはさすがに他人行儀かな）」と答えることになるだろうなと思ったのだ。

櫂成から「つきあってほしい」とは言われていない。まだ恋人じゃないけれど、特別な存在だ。たぶん、お互いに。

ロキとの入れ替わりがとけて日常が戻り、三月下旬には仕事に復帰してひと月ほど経った。日中は隙間《すきま》バイト、夜はゲイバーで働く自分と、探偵業を営む櫂成とでは、デートをするにもなかなか時間が合わない。買いものにつきあってもらったのと、ランチを一回、デートはその二回だけだ。入れ替わっていたときは四六時中一緒にいたので、その落差を殊更に大きく感じてしまう。

でも希望はある。仕事に復帰したその日、燿成が「今でもけっこう好きだぞ」と蒼依に対する気持ちについて語ってくれたのだ。だからそれをよすがに日々を過ごしている。

――たぶんとかけっこうとかじゃなくて、いつかちゃんと「好き」って言ってもらいたい。

蒼依はひとつため息をつき、時間を確認して残りのパンをほおばった。

世の中はゴールデンウィークだが、今日は十一時から十七時までカフェのホールスタッフ、二時間の休憩を挟んで十九時から『アルディラ』のバーテンダーとして働くというスケジュールだ。土曜の夜はいちばん忙しい。

働かざる者、食うべからず。色恋にばかりかまけていられない。

――それに、正社員の仕事も探さないと。

この先ずっと隙間バイトとゲイバーの仕事で食いつないでいくわけにいかない。田舎から単身上京した当初は不安しかなかった生活にもだいぶ慣れて、自分の将来について考えるようになった。

燿成が以前、「調査員として働く気持ちがあるなら他の探偵事務所を紹介するか、うちにスカウトするっていうのを真面目に考えてもいいと思ってる」と言ってくれたが、「まずは自分でがんばって仕事を探してみる」と伝えてある。

『スパイダー探偵事務所』を営む多忙な彼に最初から甘えるのはちがうと思うし、あまつさえ雇ってもらうなんてもっとちがう気がするのだ。だって人員が増えれば、引き受ける依頼も、大手や中堅の探偵事務所から回してもらう仕事も増やす必要が出てくる。それに調査員は二人一組で行動するのが基本なので、さらにもうひとり雇わないと案件を捌《さば》けない。

そういうわけで、自力で就職活動を始めた。まずは手軽なスマホアプリで。しかしバイトの求人とはちがって、情報がうまく拾えない。よくよく確認すると派遣社員の求人だとか、募集自体が終了していたとか、企業側から返信がないこともある。

生まれ故郷の福岡《ふくおか》に帰るつもりはなく、都内で正規雇用での就職を希望しているので、「アプリで探すよりハローワークの窓口で相談したほうが手っ取り早いわよ」と『アルディラ』のマスターにアドバイスされた。

――週明けにハロワの窓口にも行ってみないとなぁ……。

二十一年の人生でいまだかつて行ったことのないハローワークという場所に少々怖《お》じ気《け》づいていたが、尻込みしている場合じゃないのだ。

マスターの「あら、櫂成くん」の声に、蒼依はどきっとして顔を上げた。

櫂成の姿をリアルで目にするのは十日ぶりだ。その間、彼の仕事の邪魔をしてはいけないと気を遣って、最小限のＬＩＮＥのやりとりと、ビデオ通話を一回だけ。今日ここに来るとは聞いていなかった。

ぱあっと効果音が聞こえるほど顔がほころぶ蒼依を見て、マスターが肩を震わせて笑っている。他のお客さんがいるのについ歓《よろこ》びすぎてしまったので、無理やり顔を引き締めた。

櫂成が目の前のスツールに腰掛けつつ蒼依と目を合わせたときの、その控えめな笑顔が素敵すぎる。蒼依は小さく会釈して返した。

「名古屋《なごや》まで何度もかよって時間がかかってた案件がひとつ片付いた」

探偵事務所に持ち込まれる依頼は浮気調査が圧倒的に多い。それか人捜し。それゆえに案件によっては関西、さらに九州という具合に、ひとりのマルタイを追跡することもある。

「そっか、お疲れさま——何を飲みますか？」

「ロングカクテルで。さっぱりした飲み口のを、なんか適当に」

「じゃあ、柑橘《かんきつ》系で作りますね」

櫂成が何か言いたげにじっと見てくるので、蒼依が言葉を待っていると、そこに「櫂成さん、めっちゃ久しぶり〜」と男性客が声をかけてきた。

蒼依は手元のカクテルを作ることに専念する。でも耳はそちらに集中してしまう。

このゲイバーはアルコールを嗜《たしな》むのはもちろん、同性との出会いを求める場でもある。

声をかけてきたほうは積極的で、しかも櫂成が好みだと公言する『エロそうな美人』だ。

——もしかして……櫂成さんがワンナイトしてた頃の相手……とか？

一瞬目線を上げたとき、相手の男が身を寄せて耳に何か囁《ささや》き、燿成が「いや」と首を横に振るのが目に入った。出来心で見てしまったせいで、よけいに胸がちくちくする。

「一、二杯飲んで帰るつもりだから」

「え〜、そうなの？　つれないじゃん」

「またね」

笑顔ですげなくされて、相手の男は口を尖《とが》らせて去った。

——よかった。食い下がられなくて。

燿成が「またね」と言ったのは、穏便にこの場を終わらせるためだ。でもほっとするような、しないような。このバーに来るたびに誰かしらに声をかけられていて、相変わらずモテている現状を実感させられる。

複雑な心境だが自分の感情は引っ込めて、燿成の前にカクテルグラスを置いた。

「生搾《なましぼ》りのピンクグレープフルーツ入りのパロマです。マルガリータソルト付き。ベースのテキーラは薄めにしました。燿成さん、けっこう疲れてますよね？」

そんなときにアルコール度数が高いものを飲むと、悪酔いしてしまう。燿成がここで酔い潰《つぶ》れる姿を何度も目撃したのだ。

蒼依の気遣いに、燿成が苦笑いして「あぁ、うん。ありがと」とうなずいた。

「無理しちゃだめです。今日は早く帰って寝たほうがいいと思う」

疲れている彼にはたいへん申し訳ないが、気だるげな雰囲気でいつもの色気が五割増しだ。体調を気遣う気持ちも本心だが、長居すればいろんな人に声をかけられるかもしれないという心配もある。

櫂成にじっと見つめられて、蒼依はポーカーフェイスで「?」と問いかけた。それに櫂成が笑顔で「いや」と返すから、ふたりの間の空気がなんとなくわだかまったままになる。

櫂成に好きと伝えたあとは以前より思ったことを言えるようになったものの、会える時間が少なすぎて、振りだしくらいに戻ったかんじがする。

そもそも関係が中途半端なせいで、多くの言葉を呑《の》み込んでしまうのだ。それはたぶんお互いに。櫂成はおとなだから理性的でこちらの好意につけ込もうとはしないし、自分はそんな年上の彼に釣りあおうと背伸びする。でも本当は平気なわけでも、物わかりがいいわけでもない。

「……櫂成さんと、デートしたいな。ドライブするだけでもいい。ごはん食べるだけでも」

今の関係を続けるために自分から言えるのは「デートして」くらいだ。もっと会えたら、些《さ》細《さい》なことで不安な気持ちにだってならずにいられる気がする。

「ずいぶん遠慮するんだな。そんなこと言わずに、ドライブして、メシ食おう」

「えっ、いつなら行けますか?」

背伸びした意味がないくらい声を弾ませて食いつく蒼依に、櫂成が楽しげに笑っている。

「来週はちょっと余裕があるから、予定を合わせられるよ。蒼依の次の休みは?」

飛び跳ねたい気分もあらわに「確認してLINEします」と答えたところで、マスターに呼ばれた。擢成が「いってらっしゃい」というように目で合図をくれて、蒼依もうなずく。

それからオーダーを受けたカクテルを作ったり話し相手になったりする間に、擢成は他のお客さんと談笑などしていた。

一時間ほど経った頃に擢成が「じゃあ、帰るわ」と席を立ったので、蒼依は見送るために店の扉の前で彼の薄手のアウターを手渡した。本当はもっとたくさん話したかったけれど、ここは仕事場なので我慢だ。

「今日は……その、デートに誘おうと思って、来たんだ」

アウターを受け取った擢成がぽつりとそう明かした。

「え？」

「直接会って話せば、蒼依の様子とか分かるし。本物のほうが元気いっぱいだった。おまえ、スマホの画面越しだとちょっと澄ました顔するから」

うれしすぎる言葉とともに思わぬ指摘をされて、感情を掻《か》き乱される。

「そ、それは澄ましてたわけじゃなくて。ちょっとてれくさいのは、あったけど。僕はビデオ通話ってあんまりやらないから」

擢成の顔を見たさに自分から「ビデオ通話したい」と誘ったのだが、反対に画面をとおして彼から見られているのだと思うとぎこちなくなってしまったのだ。

「現代っ子は、そういうのさらっと対応するのかと思ってた」

「歳は関係ないです。それに相手が櫂成さんだから、……好きだから、意識するというか」

ずいぶん本人に「好き」と言えていなかったので、あえて言葉にする。今も気持ちは変わっていないと、ちゃんと知っていてほしい。

すると櫂成は少し目を大きくして、ふっとはにかんだ。

「うん……じゃあ、連絡待ってる。仕事探しもがんばれよ」

櫂成に頭をぽんぽんとされて、子ども扱いとベタすぎる甘やかしなのに、単純な心はきゅんとしてしまう。

「あしたには連絡します」

手を振って彼の背中を見送った。

店に来たときから櫂成が何か言いたげだったのは、デートに誘うタイミングをはかっていたからなのだろうか。

——だったらかわいいし、うれしすぎる！

ますます櫂成を好きだと思う。彼への想いは膨れあがる一方だ。

櫂成と「ドライブデートは木曜日にしよう」と約束したので、それをご褒美に掲げ、蒼依は区内のハローワークをはじめて訪れた。

——うっ……なんか、区役所ともちがう、はじめて感じる独特の雰囲気……。

受付待ちの間、どきどきしながら周囲をきょろきょろと見渡す。

求人情報を検索するためのパソコンが七十台くらいは並ぶフロア、その脇に職員と相談するための個別ブースがある。月曜日の午前ということもあり、同年代の若者、子ども連れの女性、年配の人など、求職者だけじゃなく、各種手続きも行われており人が多い。

受付のあと、職業相談の順番が回ってきた。蒼依が担当してもらうのは、黒縁眼鏡の奥の目が鋭い年配の男性職員だ。

——こ、こわい。厳しそう……！

慣れない空気と緊張感で身を硬くしながら、蒼依は「よろしくお願いします」と挨拶《あいさつ》して席についた。


二十一歳ではじめてのハローワークは、結果的に惨敗だった。

アイスコーヒーを飲み、「はぁ……」とため息をつく。喉がからからに渇いて、出てすぐ目についたカフェに入ってしまうくらいには疲労感を覚えた。

——……いや、まぁ、身の程知らずな僕が悪いんです……はい。

もろもろを思い返し、自分自身の考えの甘さを痛感する。

希望として正社員雇用を大前提に、都心・九時～五時の就業・土日連続の週休二日・社会保険完備・賞与あり・時間外労働二十時間以内……と条件を出した。

再びサービス業に就くと、時間が不規則になる。だからできれば普通の会社員のような事務系職種で見つかればいいなと、ふわっと考えていた。

しかし、最終学歴は地元の高校卒業、普通自動車免許とパソコン一般レベルのＭＯＳ資格を持っているだけ。他に事務系の即戦力的資格なし・英語はできない・得意分野はこれといってなしだ。

しかも事務系の仕事を探したいなら遅くても三月までで、四月、五月はとくに新卒が入社した直後だから一年のうちでいちばん時期も悪いとのことだった。

担当のハローワークの職員が「若いし、選ばなければ紹介できる求人はあるんですけどね」と渋い顔をするのもしかたない。

唯一使えそうな介護福祉士の資格を持っていて職務経験もあるのに、再び介護の仕事に就くことを真っ先に考えないことも、担当職員に「どうしてですか？」と厳しく突っ込まれた。

福岡で老人介護施設に就職したのは、「高齢者のために働きたい」という高い志があったわけではなく、『高卒でも就職に有利な資格を持っていたから』だ。川面に浮かぶ木の葉みたいな蒼依のこれまでの生き方に、職員は「あぁ、そうですか」と冷たい苦笑いを浮かべていた。

介護福祉士で夜勤なしを条件にすると選択肢がぐっと狭まるし、給与も下がる。だから東《とう》京《きょう》でも介護の仕事をぜったいにやりたいとはならず、条件がいい他の仕事を探したいという気持ちが大きかった。

——時間が不規則な仕事に就くと、櫂成さんにあんまり会えない……とか考えてる場合じゃないってことだよな。

担当職員の前でさすがにそれは口には出さなかったが、根底にそんな思いがあったのだ。

そういうわけで、条件ばかりで、これといって何がしたいという心意気も使える資格も少ない蒼依がハローワークで最後に渡されたのは『求職者支援訓練』、いわゆる職業訓練についてのリーフレットだった。

——しばらくはバイト生活を続けながら、この支援制度を使って切り札になりそうな資格を取ってから就職先を探すのが確実なのかなぁ……。

すっかり心を折られてしまったが、これからいつものように隙間バイトを入れている。

櫂成とのデートの約束に思いを馳《は》せて「どこ行こう」などと浮かれている場合じゃない。

恋も決して順調とは言いがたく、仕事探しはもっとうまくいっていない。この日、ただただ厳しい現実を目の当たりにした蒼依だった。

ハローワークへ行った日の夜。バーテンダーの仕事は休みだったので、日中のバイトを終えてあとは帰るだけの蒼依に、櫂成からメッセージが届いていた。

『いただきものの魚があるんだけど、捌ける？　釣ったやつで内臓とかそのままの状態』

添付された画像を見る限り、立派なクロダイとメバルのようだ。

母子家庭で、海が近い町で育ったので、魚くらいは捌ける。なんならイカやサザエの刺身だって、ハウツー動画を見なくても造《つく》れる。

――櫂成さんに会える！

蒼依は『できます！』と返信し、午後八時頃に、櫂成とロキが一緒に暮らしているマンションへ喜び勇んで駆けつけた。

ロキと中身が入れ替わっていた間、蒼依も住んでいた勝手知ったる部屋だ。

「俺とロキじゃ、塩ぶっかけて焼く、しかできないからさ」

そう言って笑っている櫂成に、蒼依は「お任せください」と親指を立てて見せた。就職に有利な資格はこれといってないが、家事スキルは間違いなく彼らよりはある。

キッチンを覗《のぞ》くとロキが険しい顔で「助けて」と、蒼依を呼んだ。

「一匹だけ内臓を取ってみたけど、よく考えたら鱗《うろこ》を取る道具とか必要じゃね？」

「ここに鱗取りはなかったよなと思って、うちから持ってきました」

手提げ袋を掲げて見せると、ロキは「鱗取りを持ってる二十一歳。頼りになる」と感心した表情で、蒼依にエプロンを渡してバトンタッチする。

魚料理に必要そうな、生姜《しょうが》や大葉、つけ合わせ用のサヤエンドウや小松菜を、ここへ来る途中で買ってきた。

蒼依がてきぱきと魚を捌き、それを使って何種類かに調理する。ロキには野菜の下ごしらえを手伝ってもらった。耀成はその他もろもろの準備係だ。

「余った切り身は冷凍しておくので、適当に使ってください」

耀成とロキが「おお～」と感嘆の声とともに拍手してくれた。

テーブルに豪華な刺身盛りと、焼き魚、煮魚の平鉢などが並ぶ。

「あとは魚の骨で出汁《だし》を取った味噌汁《みそしる》。冷蔵庫にあったものでやみつききゅうりと、だし巻きたまごも」

「すごいな。うちが和風居酒屋になった」

「耀成と俺だったら、ぜんぶ鱗付きの焼き魚だけになってたな」

ふたりのテンションが上がって、蒼依もうれしい。

蒼依の右側に耀成、左側にロキという位置でコの字になってテーブルにつく。

今日は仕事で急な呼び出しがあるかもしれないと、ふたりはノンアルコールビールなので、蒼依もそれに合わせた。

「うーわ、煮魚の味付け完璧《かんぺき》。超俺好み。蒼依くんすごいな。若いのにマジえらすぎ」

左隣のロキに頭をなでて褒められて、蒼依は「喜んでもらえてよかったです」とてれ笑いを浮かべる。

「うまぁ……なんか久しぶりにちゃんとした味噌汁を飲んだ。疲れた身体に魚の出汁が行き渡って生き返る」

右隣の櫂成は泣きそうな勢いだ。ふたりは普段はインスタントの味噌汁一択らしい。

「蒼依くんがいつもいてくれたら格段に食生活が潤うだろうな」

ロキの言葉に櫂成はややあって「そうだな」とうなずいた。そっけない返し方だけど、目が合うとほほえんでくれたので、蒼依もにんまりしてしまう。

「手の込んだおしゃれな料理はできないけど、こういうのだったらいつでも」

自分のためだけの料理より、こんなふうに誰かに「おいしい」と言ってもらえるとやっぱりうれしい。今日はハローワークで瀕死の攻撃を食らったので、大好きな櫂成に会えた上にふたりに褒められて、こちらこそ生き返った気分だ。

「ところで蒼依、仕事探しはどうだった？　今日ハロワに行ったんだろ？」

櫂成に問われ、蒼依は喉に小骨が引っかかったようになりつつ「う……うん」と俯いた。

「今日ははじめてだったから、求人情報の探し方とか、『求職者支援訓練』について案内してもらったりとか……。正社員じゃなくて契約社員からはじめるって方法も勧められたけど」

歯切れの悪い蒼依の話を、櫂成は探るような目でうなずきながら聞いてくれている。

「派遣や契約社員から将来的に正規雇用に結びつく例もありますって話か。でもそれだと確約はなくて運次第ってところがな」

「結局ずるずる契約社員のままかも、って考えると不安だし」

「ハロワは何回も通うのが普通だ。未掲載の求人情報を職員が握ってることもあるから、どんどん相談したほうがいい。タイミングもあるし、焦らずいけばいいよ」

櫂成からの励ましに、蒼依は「うん、そうですね」とうなずいた。

うまくいかなかったことや担当職員に言われたことを、ふたりの前で具体的には話せない。自分の中身のなさをさらけ出すようなものだと感じるからだ。

「料理が得意なんだし、こういう飲食系の仕事は合っていそう」

ハローワークでのあれこれを思い出して意気消沈ぎみの蒼依を、櫂成が明るい口調で励ましてくれる。

「これは家庭料理だから……調理師の専門学校に行ったほうがいいのかな」

「専門なら免許も取れるし確実だろうけど、元手が必要だな」

現段階で調理師になりたいという強い希望だってない。ハローワークで「これならやれる、どうしてもやりたい、というような何か……ないんですか？」と困り顔で問われたくらいだ。

かつて働いていた介護老人施設は、高校から履歴書を送り、面接と筆記試験で採用された。何社もエントリーするというような就活の苦労をしていない。当時は実家住まいだったが、今は東京で独り暮らしというちがいもある。

みんなどうやって仕事を選び、就いているのだろうか。ぜったいにやりたい仕事のために条件を妥協するとか、当面の生活を維持するために正社員にこだわるのをやめるのだろうか。

櫂成は子どもの頃の探偵ごっこを発端に、探偵業を営む親戚につながりを持っていて、『スパイダー探偵事務所』を継いだと話していた。

「ロキさんは、どうして前の仕事を辞めて探偵になったんですか？」

櫂成の話によるとロキは大学卒業後、「ちゃんとしたいいところの会社員だった」とのことだったのだ。

ロキが「俺？」と驚くので、「転職経験者だから訊《き》きたいです」と訴えた。

「俺の前職は、証券会社のバックオフィスで主に投信データを管理する仕事だったんだけど」

何を言ってるのか分かりませんな顔をしている蒼依に、ロキが「裏方事務ってかんじ」と嚙《か》み砕いてくれたが、具体的な仕事内容は想像の域を超えている。

「そこを辞めようと思ったいちばんの理由は、もともとデスクワークが苦痛なのよ。適性検査と試験の結果がよければそれが自分に合った仕事ってわけじゃない。一日中パソコンの前にいて、数字を睨《にら》んで、発狂しそうになるっていうか。突然『うわあああ！』ってどこかに向かって叫びたいような衝動、分かる？」

「……想像できるような、気はします」

「結局、俺がどうしてその仕事を選んだかというと、聞けば知ってるブランド力のある会社で信用があってサラリーがよかったから。そういう条件だけ見れば申し分なかった。でもいちばん信頼してる友だちの櫂成から誘われて、『探偵なんて毎日がドラマみたいでめっちゃおもしろそうじゃん』って」

ロキの話を聞いて、雇用条件を軸に仕事を探そうとしていた自分の肩を叩《たた》かれた気分だ。

「とどめに『俺の相棒はおまえがいい』なんて口説かれたらさぁ。だから転職はあんまり悩まなかったな」

おどけた口調のロキに櫂成が「おまえそれ人に言うなっつってるだろ」と笑って、日頃からの仲の良さを窺《うかが》わせる。

――そんな殺し文句、言われてみたいなぁ。

長年の信頼がふたりの間にあって、蒼依が今すぐに手にできないものだ。

信頼を得るには相応の時間がかかる。人間関係も、仕事に就くことで得る社会的信用だってそうかもしれない。

それまでロキと蒼依の会話を聞いていた櫂成が口を開く。

「実際に働いてみないと分からない内情もあるからな。転職、また転職ってなったらいやだなとかいう不安もあるだろ？　でも資格に拘《こだわ》らず、とにかく『ここいいな』って感じたらばんばん面接を受ければいい」

「だめでもともとだし」

つい卑下してしまう蒼依に、櫂成が「ちがうちがう」と笑った。

「蒼依は若いし、真面目で素直だから、入ってから身につけられるスキルもあるだろってこと。うちでもそうだったんだから」

前向きでやさしさも感じる櫂成の褒め言葉に、蒼依は顔をふにゃ～とさせてしまう。

口元のゆるみをグラスでごまかそうとしたとき、櫂成が立ち上がったので彼を見上げた。

「蒼依が『これやりたい』って思える仕事が見つかるといいな」

そう言って蒼依の頭をぽんぽんとなで、櫂成が「トイレ」とリビングを出て行く。

櫂成に頭をなでられたことがうれしくて、頬《ほお》がゆるんだまま戻らない。そんな蒼依の隣でロキが肩を震わせて笑っている。

「……何を笑ってるんですか」

「いや……ちょっとおもしろくて。俺がさっき蒼依くんの頭なでたの、たぶんあいつ、イラっとしてたから」

「え？」

「俺の場合は、年下のかわいこちゃんが傍にいると軽い気持ちでやっちゃうだけだけど、あいつはそうじゃないんだよね。相棒の対抗意識にうっかり火をつけてしまった」

ロキが言いたいのは「櫂成のほうは深い意味や気持ちがないと頭をなでたりしないよ」とい

うことだろうか。蒼依からしたら、櫂成は何も気にしていないように映っていたのだ。

「ほんとにそう……なのかな」

「櫂成とは長いつきあいだから。蒼依くんのことになると表情豊かだ。ああ見えて独占欲つよつよ男子だしな。なんとも思ってない子の前では朴訥《ぼくとつ》だから紳士に見えるかもだけど」

そういえば、ロキと蒼依が入れ替わっていたとき。ベッドに横たわる『蒼依』を、外見ロキ（中身蒼依）がさわるのを見て、櫂成は「視覚的にもやっとする」「いつまで蒼依の中に居座って寝てるつもりだ」とずいぶん憤慨していた。

「俺が誰に何しようが櫂成に口出しされたことないけど、蒼依くんだけはタッチも許せないみたい。制裁の鉄拳《てっけん》が飛んできそうだから気をつけようー」

ロキさんが言うのが本当だったらうれしいな——最後が棒読みのロキに蒼依は笑いながら内心で喜びを嚙みしめた。


夕飯がすんで談笑するうちに、気付けば外は窓ガラスを打つ強い雨だ。

そのとき櫂成のスマホが鳴った。彼は敬語で電話に対応しつつテーブルを離れて、窓の外を覗いている。

「雨がけっこうひどいですね」

「日本海側の広範囲で大雨ってニュースで言ってたし、こっちまで雨雲が流れ込んできたんだろうな」

ロキと会話しながらスマホの雨雲レーダーを確認すると、ちょうど局地的に発生した線状降水帯の中だ。

通話を終えた櫂成が「ロキ、仕事だ」と戻ってきた。さっきまでのリラックスしたオフの表情とはちがい、緊迫感がある。

「依頼人からの情報。この大雨の中、マルタイが急に『出掛ける』と言いだしたらしい」

「そっか。では行きますか」

ロキも立ち上がる。こういう事態を想定して、ふたりは飲酒しなかったのだ。

「蒼依、ごめん。せっかく料理を作ってくれたのに」

櫂成が謝ってくれるが、食事は終わっている。どうせ後片付けをするだけだ。

「いえ、ぜんぜん。えっと……じゃあ、僕も一緒に出たほうが」

「今は雨がひどい。しばらくやまないみたいだ。撮れたらすぐ戻るつもりだから、蒼依さえよければ待ってて。状況によっては泊まっていってもかまわないし」

時間を確認すると二十二時近い。強雨の中に出ていくのはできれば避けたいところだ。

「じゃあ、片付けして、ふたりを待ってます」

明るく答えて、彼らを玄関まで見送る。

「なんか、スイーツでも買って戻るよ。この時間だからコンビニのだけど。何がいい？」

靴を履いている櫂成に訊かれて、蒼依は「プリン。硬いやつ」とリクエストした。

「蒼依くんは仔犬みたいだな、かわいい〜」

ロキの冷やかしに、すかさず櫂成が「かわいいっておまえが言うな」と小声で言いながらど突くのを、今度こそ蒼依も目撃する。ロキが「ほらね」と半眼で舌を出して櫂成を指し、わちゃわちゃしながらふたりは部屋を出て行った。

しんとなった玄関に取り残されて、蒼依は唖然《あぜん》とする。

「かわいいっておまえが言うな」と櫂成がロキをど突いたときの、「おもしろくない！」と言いたげな顔が頭に浮かぶ。

二十一歳の男子に向かって使う形容じゃないぞ、と窘《たしな》めただけかもしれないが。

――櫂成さんは僕に「かわいい」って言うじゃん。

だからあれはロキに対する牽制《けんせい》だと信じたい。

蒼依はまたしてもにまにましながらリビングに戻った。


キッチンやテーブルのもろもろを片付け、満足げにほっと息をつく。

片付けついでにシンクを磨き上げ、排水口など手が届きにくい場所の掃除までしてしまった。

ついに遠くで雷が鳴り始めて、空全体が一瞬明るく発光し「おお」と驚きの声を漏らす。豪雨となった窓の外を眺めると空から地上へ細い稲光が走り、いちだんと勢いを増す雨に蒼依はため息をついた。

「櫂成さんとロキさん……大丈夫かな」

ふたりがいなくなり、掃除も終わるとすることがなくなってしまった。

テレビをつけてソファーに腰掛け、夜のニュース番組を選ぶ。ちょうど都内で発生している大雨を中継しており、電車がとまっている状況のようだ。

——これほんとに帰れないかも。

ソファーにごろりと寝転んだ。普段はロキが寝床に使っているものだ。入れ替わっていた頃は、蒼依がここに寝ていた。

リポーターが豪雨を伝えるテレビ画面をぼんやりと眺め、退屈を持て余して、櫂成との楽しかった生活をつらつらと思い浮かべる。

櫂成は「撮れたらすぐ戻る」と言っていたが、テレビを見たりスマホをチェックしたりするうちに、ふたりが出てから二時間近く経った。このまま待つと終電の時間がきてしまう。でも電車がとまっているなら動きようもない。

——櫂成さんとロキさんは車で出ただろうし、道路も渋滞してるだろうなぁ……。

探偵は夜遅くだろうとマルタイに動きがあれば、大雨の中を出ていかなければならない。

櫂成がかつての恋人に浮気された原因のひとつに、このような仕事の多忙さはあるだろう。

でも待っている側はこんなふうにぽつんとさみしい——と考えて、蒼依は寝転んでいたソファーから勢いよく身を起こした。

「……あっぶな。忙しい恋人をただ待つだけの状況にたえられずに、さみしさと逆ギレで浮気はしなくても、相手のせいにして不満を募らせる未来が見えた」

多忙な恋人に身も心も依存してしまうと、そうなる気がするのだ。

いやな強さでどきどきする胸を押さえて、ひたいの冷や汗を拭《ぬぐ》う。

ちゃんと自立したおとなでないと、櫂成の隣には立てないのではないか。だって彼は過去の失敗から恋人をつくらず、ワンナイトで紛らわせていた頃もあったくらいだ。互いを癒《い》やしつつ高め合えるようなパートナーでなければ、心が安まらないし、「もう一度恋をしたい」と踏み出せないのではないだろうか。

——中途半端な関係から進展しないのって……僕だと恋の相手として不安があるから？

ただ家事が得意なだけ。それをアピールするようにピカピカに掃除までして。

櫂成との交流で仲を深めたいと思うのは悪いことではないけれど、家事で好きな人に気に入られたいという安直さと、媚《こ》びが透けて見えるのが恥ずかしい。

それに、ハローワークでうまくいかなかった心の穴を、おとなふたりのやさしさで埋めてもらってほっとするなんて、浅慮で子どもっぽい思考だ。

蒼依は悲鳴を上げたい気分で、もだもだとその場で悶《もだ》えた。

そういえばロキが「蒼依くんがいつもいてくれたら格段に食生活が潤うだろうな」と言ったとき、櫂成の「そうだな」の返事にわずかな間があった。

「櫂成さん的には、いつもいてほしいわけではない……ってこと⁉」

もしそうならショックだ。そこまでではなくても、櫂成には何か思うところがあったのかもしれない。

ソファーに置かれていたブランケットを頭からかぶり、ぶるりと震える。

もともと櫂成の外見の好みである『色っぽい美人』からも遠く外れているのだ。

「中身で勝負しないといけないのにぺらっぺらでは？　僕ががんばるべきなのは媚び諂《へつら》うための家事じゃない」

探偵事務所を取り仕切る責任者で、心に余裕もある、櫂成みたいな漢《おとこ》に憧れる。

憧れから一歩踏み出し、現状を打破して、甘ったれな自分が変わらなければ。

――櫂成さんの隣に立つのが恥ずかしくないくらいの、櫂成さんみたいなおとなになりたい。

まずは目標として掲げている正社員の仕事に就くことだ。そして櫂成に甘えるだけの存在になろうとするのではなく、名実ともに自立した社会人になる。

それなのに都心で九時五時就業で土日連続週休二日で……と、ふんわりした理想の条件ばかり掲げ、「これがやりたい」「これなら負けない」という強い信条のひとつもないのが現状だ。

「仕事……どうしよう。どうしたらいいんだろ……」

自分がだめだめなことは分かったが、では具体的にどう動いたらいいのか、まだ答えが見つからない。

そのとき部屋を照らすほどの雷光の直後に、空が割れて落ちてきたのかと思うくらいの雷鳴が轟《とどろ》いて、蒼依はブランケットの中でびくうっと跳ね上がった。

「こ、こわ……停電しないよな?」

真っ黒の窓の外は相変わらずの豪雨で、たかが雷だがあまり気持ちのいいものではない。

蒼依はひとり、ぽつんとした心地で小さくため息をついた。

——あしたまたハローワークに行ってみよう。燿成さんも「ハロワは何回も通うのが普通。どんどん相談したほうがいい」って言ってたし。

ちょっぴりハローワーク恐怖症に罹《かか》っていたが、たった一回でへこんでいてはだめだ。

しずかにそう決意してうなずいた直後に、また大きな稲光が走って、蒼依は「燿成さ〜ん、早く帰ってきて〜」と情けない声を上げた。

□ 2 □

耳にやさしいアラーム音に気付いてまぶたを上げる。

自分が設定しているスマホのアラーム音じゃない。視界に映るのは見慣れない部屋だ。天井も壁も、アイアンハンガーラックに引っかけられた服も。

「……？」

蒼依《あおい》は寝ていたベッドから身を起こした。二、三度まばたきして、ぼんやりしつつもここが櫂成《かいせい》の寝室だと気付く。カーテンの色柄も見覚えがあるし、ハンガーラックにかけられているのは櫂成のアウターだ。

ベッドのヘッドボードに置かれた目覚まし時計を取り、半日の手探りでアラームをとめる。

そうだ。自分は櫂成とロキのマンションで食事をしたあと、急遽《きゅうきょ》仕事に向かったふたりの帰りをリビングで待っていた。

ところが櫂成とロキは二時間以上経っても戻らず、外はひどい雷と大雨で、ブランケットを頭からかぶってやり過ごすうちに。

――ソファーでうとうとして、マジ寝しちゃったのか。櫂成さんが僕を運んでくれたのかな。

彼に抱き起こされたということになるが、それにしてはぜんぜん気付かなかった。

姫抱っこされる自分を勝手に妄想して、にんまりしつつベッドから足を下ろし、蒼依は眉《まゆ》をひそめた。自分のものではないスウェットパンツを穿《は》いていたのだ。

しかし服を替えた覚えはない。

――穿いてるスウェットが……というか……。

腰の辺りから太腿《ふともも》にかけて、ずいぶん逞《たくま》しくなったように映る。

判然としない奇妙な感覚の中で、床についたその足のかたちが、腕の太さが、ベッドから立ち上がったときの視界の高さが、なんだかいつもとちがう。

蒼依は、まさか、といやな予感を覚えつつ、手のひら、手の甲を目の前に翳《かざ》してみた。

「…………え」

寝起きとはいえ、声が低い。もう一度「あ……あ?」と声を出しながら、自分の身体に服の上からふれて確認する。厚みのある胸板、引き締まった腹筋から尻までばたばたとなでくり回して、ぞっと悪寒を感じるのと同時に「わあああああっ」と悲鳴を上げた。

まだ身体をさわっただけ。でもふれたところすべてで、これが自分じゃないことは分かった。

信じられない。信じたくない。

そのまま「わあっ、わあぁっ」と言葉にならない奇声を発しながら、騒がしく櫂成の寝室を飛び出す。とにかく自分の姿を確認したくて、一目散に玄関脇の姿見に直行した。

廊下をどたばたと駆けて滑りこむ勢いで、鏡に張りつく。

そこに映っていたのは真野《まの》蒼依ではなく『久住《くずみ》燿成』だった。

「…………」

まぬけな調子で口を開けてぽかんとしている、これまでに見たことのない表情の『燿成』だ。

その顔に震える指でふれてみて、蒼依は再び「ひっ」と短い奇声を上げる。全身が総毛立ち、自身を抱きしめた。鏡には、猫背の内股で変な動きをする『燿成』が映っている。

再び鏡に張りついて、そこに映る自分――『燿成』の姿をじっと見つめた。

「……ど……どうして……？　僕、燿成さんになってるっ？」

自意識は蒼依なのに、顔や身体はどこからどう見ても『燿成』なのだ。

――また入れ替わったってこと⁉　今度は燿成さんと⁉

ということは。ロキと入れ替わったときにそうだったように、蒼依本体が別人格――つまり今回は燿成になっているのだろうか。

――じゃあ……僕の本体が、ソファーベッドにいる……？

廊下の奥に続くリビングのほうに、ゆっくりと振り返った。

最後にいた記憶がそこだ。だからいてくれないと困る。

――前みたいに意識を失ってて、僕の本体が目を覚まさない……とか？

過去の経験から可能性のある展開を思い巡らせつつ玄関脇の姿見の前を離れ、さっきとちがい今度はそろそろと廊下を戻る。

リビングを覗くと、自分が昨晩うとうとしてしまったソファーベッドで誰かが身を起こした。動いたことにほっとするより、声にならない悲鳴を呑み込む。

ソファーベッドから起き上がったのは『蒼依』だ。入れ替わりが発生したならそれは想像できたし、この現象が二度目とはいえ、目の当たりにすれば驚愕《きょうがく》しないではいられない。

『蒼依』は起きたばかりで、重そうなまぶたをこすっている。

「騒いで……どうした……？」

おはようの挨拶もないまま大騒ぎしていた蒼依に、相手はまだ目を半分つむったような顔で、不思議そうに声をかけてきた。でもその直後に今度はその『蒼依』がうろたえている。何度もまばたき、声がなんかちがう、と思ったのか、喉をしきりにさわっているのだ。

ついに『蒼依』がしっかりと目を開き、こちらを見て瞠目《どうもく》するまでを見守った。

「え？　俺？　えっ？」

相手は「俺」と言いながら、こちらを指している。

「俺は、え？　なんだこれっ、何がおこっ……！」

喘《あえ》ぐように息を継ぎながら、『蒼依』は自身の身体を見下ろし、さっきまでの蒼依みたいにあちこちさわって確認し、再び顔を上げた。唖然とした目で見てくる『蒼依』と対峙《たいじ》する。

「なっ……なんだっ、なんだこれっ……！　何っ！」

「お、落ち着いて、落ち着いてください」

そう声をかけて進み、自分でも「落ち着け」と心で唱える。

廊下でひとしきり喚《わめ》いたあと、今度は目の前で狼狽《ろうばい》する『蒼依』を見たら、「俺だ」「僕だ」と一緒に騒いでもしかたない、という気持ちになったのだ。泣かれるとこっちの涙が引っ込む現象と同じかもしれない。

ソファーベッドに腰掛けたまま表情をなくして固まる『蒼依』に歩み寄る。相手はこちらを見上げるが、驚きとショックで言葉も失っているようだ。

やがて『蒼依』は小さく「……夢？」と問いかけてきた。

「夢じゃないみたいです」

「ド……ドッペルゲンガー……？」

その問いにも、ちがう、と首を振る。

「……僕、中身は蒼依です。そちらは、中身は櫂成さん？」

蒼依の問いかけに、顰《しか》めっ面になった『蒼依』が、おそるおそるうなずいた。

玄関脇の鏡の前で横に並び、映った姿を確認して、次にお互いに向きあう。

「僕は中身が真野蒼依で、外見は櫂成さん」

「俺は中身が久住櫂成で、外見は蒼依」

あらためて認識を共有したあと、ふたり一緒に大きく息をついた。

「今度は俺と蒼依が入れ替わったのか……」

「……ですね……」

起こってしまった事実を受けとめたら、櫂成も落ち着くしかないと悟ったようだ。それに騒いでもすぐに元に戻れるわけじゃないと、入れ替わりも二度目ともなれば学習できている。

「ロキのときとちがって、今回は双方に意識がある」

「はい。事故にも遭ってない。ケガもないです」

「そうだな。感じる不調もない」

互いが無事なのはよかったが。

顔を見合わせ、人心地がつくとふたりとも朝ということもありもよおして、それぞれ順番にトイレに入った。

ロキと入れ替わったときはよく知らない人の身体だったが、今回は櫂成、好きな人の身体だ。

——か、櫂成さんのちんちんを、見て、握ってしまった！

いつかちゃんと恋人になれたら僕も櫂成さんと……という期待をしつつあれこれを妄想したことがないといえば嘘《うそ》になる。

キスだってまだなのに。ロキと身体が入れ替わったときにした權成とのキスは客観的に見ていただけだったので、自分のキスの経験にカウントしていない。

そんな奇妙で微妙な関係にある權成の性器を、彼の裸より先に見てふれることになるとは。しかしそうしないと用が足せないのでしかたない。

――そして逆に僕のちんちんを權成さんが……！

權成の漢らしくて立派なペニスを思い出すと、自分のものの大きさやもろもろが恥ずかしすぎて、地球のマントルまで穴を掘って隠れたい気分にさせられる。

前回ロキと入れ替わったときは、自分の本体は病院で意識もなく眠っていたので、見られる恥ずかしさはなかったのに、今回はお互いに意識がはっきりしているせいだ。

トイレから出てきた權成も、なんとも言えない複雑な表情だった。

気まずいのはお互い様だ。どちらもそこにはふれずにリビングに戻る途中、電子レンジのパネルが点滅していることに気付いて、權成が「夜中に停電したのかな」とつぶやいた。昨晩の雷の影響かもしれない。

ひとまずソファーに向き合って腰掛ける。

「状況を整理する必要があるな。まず、いつこうなったか……」

ひたいに手を当て、『蒼依』の姿の權成が唸った。

昨晩、豪雨と雷が轟く中、急遽仕事に出かけた權成とロキはマルタイの証拠写真を撮り、コンビニでプリンを買ってからこの部屋に帰宅したらしい。帰宅時に蒼依はソファーで寝ていたので、彼自身は寝室で眠ったとのことだった。

「そういえば、ロキさんは？」

部屋にロキの姿が見当たらない。

「マルタイの写真が撮れたあと、ロキは『行くところがある』って」

「あんな夜中に？」

ロキは、蒼依と櫂成がなんとも名前のつけられない微妙な関係どまり、ということを知っている。だからもしかすると、気を回してくれたのではないだろうか。あんな豪雨の悪天候だったのに。

「いいかんじの人がいる……みたいなことをちょっと前に言ってたから、止めなかった」

では、行くあてがあって、ちゃんとその相手のところに今いるのだろうか。

「……ロキさんには、何も起こってない……？」

今回の事態には関係ないかもしれないが、過去に蒼依と入れ替わったことがあるのだし、何か影響が及んだりしないのだろうかと考えたのだ。

櫂成が『そっちはいつもと変わりないか？』とロキにメッセージを送信してみる。するとすぐに『変わりないけど、なんで？』と返信が届いた。

「ロキは大丈夫みたいだ」

そう報告されてほっとしつつ『できれば早めに帰宅してほしい』とお願いするメッセージを追加で送り、ロキの帰りを待つことにした。この事態にロキの協力は必須だ。

「じゃあ、櫂成さんが帰宅して寝室で寝たあと、朝までの間に、僕と入れ替わった……？」

「……そう、だな」

お互いに眠っている間に入れ替わって、朝を迎えたということになる。

「ロキと蒼依が入れ替わったときは、車の事故の衝撃でふたりがぶつかったのが物理的要因だった、よな？」

しかし、就寝中に誰かと身体がぶつかったような記憶はない。

「それと、僕がふたりの関係を恋人同士だってかんちがいして、櫂成さんに愛されてるロキさんのことがうらやましくて、一瞬だけでもロキさんになれたらいいのにって思ったから」

その強い想いが不思議な力を呼び起こし、入れ替わりが発生したのだ。

「ってことは、今回は、俺になりたい……って蒼依が思ったってこと？　え？　なんで？」

なんでと問われても。首を傾《かし》げるしかない。

ロキと入れ替わったとき「櫂成さんに対する恋心のせいかもしれない」と自分でなんとなく思い当たったが、今回はどうにも腑《ふ》に落ちない。

「櫂成さんとぶつかってもいないし。櫂成さんのことは好きだけど、櫂成さん本人になりたいとは……思ってないです」

櫂成と恋人同士になりたいのだ。自分が櫂成になったところでどうする、という話だ。

困惑しつつ告げると、櫂成は腕を組み険しい顔つきで「うーん」と唸った。容姿は『蒼依』だが、その動きや表情、ポーズひとつをとっても、中身が櫂成なのが分かる。

唸っていた櫂成が顔を上げた。

「元に戻る方法も見当がつかない。とにかくぶつかるとかハグとか、試してみよう」

提案に戸惑ううちに櫂成にやおら手を取られて立ち上がり、その場で向き合う。身長差があるから、こちらが『蒼依』を見下ろすかたちだ。

——櫂成さんから見た僕って、こんなふうに見えてるんだ……。

中身が櫂成の『蒼依』だからきりっとした目つきで真剣な顔をしているが、マスターから『迷える子羊』と形容された童顔なのでどことなく迫力に欠ける。

「まずはぴったり密着するかんじで、ハグから」

「ハグ……はい」

これまでは櫂成に抱きしめられる妄想ばかりしていた。しかしこの体格差からこちらが抱きしめなければならない。

てれてもじもじしている場合ではないので、意を決して『蒼依』の姿の櫂成を抱きしめた。

——うわっ……これじゃない感がすごい……！

頭が混乱する。腕にすっぽり収まる身体で、自分に抱きついているのは中身が櫂成の『蒼依』だ。両腕を背中に回し、胸に顔を押しつけてぎゅっとしてくる。

――それ、僕がやりたかったやつ！

まだ本物の櫂成に対して一度もしたことがない。デートをした昼間は人目があったし、手をつないだのですら夜の新宿《しんじゅく》で一回きり。

「ん……だめだな。何も変化なし。じゃあ、次はぶつかってみよう」

櫂成は淡々として、とにかく事を進めようと真剣だ。

その場で身体を軽くぶつけてみたがそんな程度では当然何も起きず、有無を言わせない力で手を引かれ、今度はリビングから廊下へ連れ出された。

玄関の上がり框《かまち》に立つと、櫂成がリビングの端へ戻る。縦長の１ＬＤＫをめいっぱい活用し、お互いに走ってぶつかる、という方法だ。

「体格差を踏まえて『蒼依』の俺が思いきりぶつかるかんじでいく！」

「ケガしないっ？」

人と人との衝突で転倒すれば、頭を打ったりなどしそうだ。

「だからできる限り受けとめてくれ！」

「ええ～っ！」

戸惑う蒼依に、櫂成が「いくぞ！」と力強い号令を飛ばす。

向こうから『蒼依』が駆け出すのと同時に、蒼依も慌てて前へ足を踏み出した。

まるでラグビーのタックルだ。ぶつかる瞬間に、目をつむってしまう。

突進してきた『蒼依』を受けとめた衝撃で、『櫂成』の身体は廊下の壁にぶちあたった。

「いったぁ……」

声を上げたのは蒼依だ。櫂成が「大丈夫かっ？」と気遣ってくれる。いいおとなが子どもみたいに部屋の中で暴れ、端から見れば滑稽《こっけい》かもしれないが大真面目にやっているのだ。

壁で腕をしたたかに打ったものの『蒼依』のほうにケガはなくて、ひとまずほっとする。

「ぶつかっても……何も変化なしか……」

ふたりとも廊下に座り込み、がっかりしたように櫂成がつぶやいた。

映画やアニメみたいに階段から落ちるとか、電車に飛び込むとかはさすがに試せない。

「もしかして昨晩の雷に撃たれたとか」

「さすがにそれは死ぬだろ」

雷をおこすのも無理だ。でも自分たちで今できることがあるなら試したい。

ロキと入れ替わったときも手を握ったり、念を送るなど試してみたけれど、結局効果があったのはキスだった。

「……キス、してみるか」

同じことを考えていたようで、『蒼依』の姿の櫂成がこちらをじっと見据え、緊張が走る。

「ま、待って。えっ、じゃあ、また僕の想いが原因で入れ替わりが発生したってこと？」

「キスで元に戻るなら……そういうことかもしれないな」

つまり、櫂成とキスしたいと蒼依が思いすぎていたせいということになるが、こんな事態を起こしてしまうほど、キスに妄執していたわけじゃない。

「僕は櫂成さんと何がなんでもキスがしたいわけじゃなくて、いつかちゃんとつきあってもらえたらいいなと思ってただけで……」

なんでこのタイミングでこんな本音を言わされるはめに……と、切ない気持ちで蒼依はうなだれた。目の前で櫂成は「あぁ、うん……」とてれくさそうだ。

――僕の想いが、迷惑そう……ではない。

彼が自分のことを現在どう思っているのか、「今でもけっこう好きだぞ」と表現していた想いがフェードアウトしつつあるかもしれないと不安な部分もあったのだ。

「……とにかく元に戻れそうなことはなんでも試そう」

櫂成がこちらににじり寄る。真剣なまなざしを向けられて蒼依は怯《ひる》んだ。

だって「やらなければならない」という追い詰められた状態でするキスだ。

いつもまったく望んでいないかたちで櫂成とキスすることになるのは、なんの因果だろうか。

――今度は僕が僕とキスするみたいなもんじゃん。

蒼依は膝《ひざ》に置いたこぶしに力を籠《こ》め、ぎゅっと目を閉じた。

まぶたの裏に櫂成の顔を思い浮かべる。せめて、櫂成とキスしている気分くらいは味わいたいのだ。

じっと待っていると、蒼依の手に彼の手が重なり、次にくちびるにふにっと柔らかな感触を受けとめた。

遠慮がちにふれあうだけだったくちびるを強く押しつけられれば、胸がきゅんと軋《きし》めく。

――耀成さんが、キスしてくれてる。

目を閉じているから、そんなふうに感じられる。ふたりだけの世界に飛び込んだみたいに、すべての音が遠のいた。胸のどきどきが身体の内側で大きく響く。耳も熱く滾《たぎ》る。

そのとき、玄関が開く音がしたのに気付くのが遅れた。

「ただい――……ま、あ？」

蒼依と耀成が飛び上がるように離れると、帰宅したロキが口を半開きにして「え？」と眉を寄せている。

「帰ってこいっつーから急いで帰ってきたのに……何！」

ロキが困惑するのもしかたない。

玄関から丸見えの廊下で、耀成と蒼依がキスしている場面を目撃したのだから。

「今度は耀成と蒼依くんが入れ替わって……その原因が分からないし、ハグとかキスとか、元に戻るべく思いついたことをいくつか試したけど効果がない、と」

腕を組んで唸るロキのまとめに、蒼依と櫂成は横並びで同時にうなずいた。前回は有効だったキスも、今回は効果がなかったのだ。完全に詰んでしまった。

ロキは蒼依と櫂成を順に見て、「こっちが中身が櫂成で」「こっちが中身が蒼依くん」と指をクロスさせて指し、確認している。

「しかし中身が入れ替わると、表情とか座ってるかんじとかも、別人だって分かるもんだな」

『櫂成』がソファーにちんまりしていて、『蒼依』が堂々と脚を組んで座っているのだ。ロキは「いや～、目の当たりにするとつくづく不思議な光景だ」と目を凝らしている。

「しかし……どうしたらいいんだろうな」

険しく眉を寄せたロキの問いかけに答えられる者はいない。しかもそうしているうちに探偵事務所の仕事の時間が迫ってきた。

「とりあえず、このまま三人で仕事に行くしかないだろうな。入れ替わりがいつとけるとも知れないし」

櫂成の提案にロキが「蒼依くんが櫂成の代わりを務めるのか?」と驚いた顔で問う。

「むっ、無理無理無理無理」

蒼依は両手を振って慌てた。ロキと入れ替わったときはうしろからついて回っていればなんとかなったが、櫂成は探偵事務所のボスだ。

擢成は腕を組んでくちびるを引き結び、ため息をつく。

「仕事は俺と蒼依がつねに一緒にいて対応することで、なんとか乗りきるしかないだろ。とにかくこうして座っていてもしかたない。仕事へ行くぞ」

立ち上がる擢成のうしろから、蒼依はロキと顔を見合わせながらついていくしかない。

――なんとか乗りきるって、どうするつもりなんだろ。

具体的な策は分からないまま、時間に追われるようにして三人はマンションを出た。

「朝飯を食いっぱぐれたな。途中のコンビニで買うか」

騒いでも慌てても何も解決しないことが判ったのだ。こんな状況でも冷静に判断して妙に頼もしい擢成に、蒼依もロキとともにうなずいた。

下北沢《しもきたざわ》のマンションから徒歩十分ほどの間に、思案できることはさほどない。途中のコンビニで適当に朝食を見繕って、探偵事務所に向かいつつ今日を乗りきるための策を練る。

「咲良《さくら》さんは前回の入れ替わりを知ってるから、今回の件も話せば理解してくれるだろうけど、問題は仕事だな。今日は依頼人が事務所に相談に来ることになってる」

擢成の話では「他の探偵事務所で一度浮気調査を失敗したことがあるが、再調査を依頼したい」という案件らしい。

「他社で失敗した浮気調査の再調査って、ちょっと厄介なんだよな」

苦い顔をするロキに、蒼依は「どういう点が？」と説明を求めた。

「まず、マルタイが異様に警戒するんだよ。だから証拠が摑《つか》みにくくなる。再調査案件は探偵事務所によっては断られるくらいだ。どうして誰が失敗したのか、その辺を詳しく聞いてみないと分からないけどね」

今日事務所にやってくる依頼人の相談を受けるのは、本来なら櫂成の役目だ。その内容によって、依頼を引き受けるかどうかの判断もしなければならない。

ビルの二階へ上がり、『スパイダー探偵事務所』の扉の前で三人は目を合わせ深呼吸する。

「咲良さんには俺から説明する」

そう宣言し、『蒼依』の姿の櫂成が先頭で事務所の扉を開けた。蒼依とロキは彼に続く。

「咲良さん、おはよう」

櫂成の挨拶に「おはようご……」と咲良の声が途切れた。『蒼依』、ロキ、『櫂成』という不思議な並び順で事務所に入ったものだから、目を瞬かせている。

探偵事務所で経理と事務を担当する咲良は、ロキと蒼依が入れ替わった際にそれを理解してくれたが、実際に『蒼依』と会うのはこれがはじめてだ。だから『蒼依』のことを依頼人とでも思ったのか、戸惑いつつも事務机から立ち上がってこちらへ出てきた。咲良の目線は最後尾の『櫂成』に向けられ、「先頭で入ってきた方、どなたですか?」とでも言いたげだ。

「咲良さん、信じられないかもしれないが、また入れ替わってしまった」

『蒼依』の姿をした櫂成がそう説明すると、咲良は「えっ?」と三人に目を泳がせている。

「……入れ替わった？　え？　こちらの方は、どなたなんですか？」

「以前、ロキと入れ替わっていた『蒼依』だ」

「あ……えっ、本物の蒼依くんっ？」

「いや、中身は蒼依じゃない」

「え？　中身？　え？　ちょっと待って、何を言ってるのか……」

咲良の問いに『蒼依』が答えるし、誰と誰が入れ替わったのか理解できず混乱しているのだ。

櫂成が「座って話そう」と咲良を応接用のソファーセットに誘い、四人は向かいあった。咲良は腰を落ち着けてからも三人に目をうろうろさせている。

それから櫂成がこれまでに分かっていることをひととおり説明した。

咲良はやはりロキみたいに「こちらが中身は櫂成さん」「こちらが中身は蒼依くん」と指をクロスさせて確認している。

「で、今回、ロキさんはロキさんのまま」

人差し指を立てて念を押す咲良に、ロキが笑顔で「そうそう」と軽く返した。

咲良が三人を見比べ、顔を険しくする。

「……わたしにドッキリをしかけてる、とかじゃないですよね？」

この期に及んでもう一度確認され、三人は「ドッキリじゃない」とそれぞれに否定した。

しかし懐疑的になるのもしかたない。入れ替わりなんてそんな奇怪なことがこんなに頻発するなんて、すぐに信じられないのが普通だ。

「残念ながら、本当に入れ替わってしまったんだ。いつ元に戻るのかも分からないし、とにかくなんとか乗りきろうと思って三人で来た。ロキと咲良さんには、お世話をかけると思う。もちろん今回の入れ替わりも極秘で。どうかこの状況を脱するまで、いろいろと助けてほしい」

　櫂成の言葉で咲良がようやく腹を括《くく》ったらしく、「分かりました」と神妙にうなずく。

「わたしも『スパイダー探偵事務所』の一員として、秘密を守ります。手助けが必要なことがあったら、おっしゃってください」

「ありがとう、咲良さん」

　お礼を述べる櫂成の隣で、蒼依も「お世話をおかけします」と頭を下げた。

「前回の入れ替わりのときも、わたし自身は普段どおりでとくに何もしていませんし」

　彼女は笑顔でそう言うが、事務用品の置き場すら分からず、新入社員状態のロキの姿をした蒼依を、自然な対応で助けてくれたのだ。

「いや、普段どおりでいてくれるのがいちばん助かる」

　櫂成の言葉を話す『蒼依』に咲良は「はい」と笑顔を見せた。

　こうして咲良の理解を得られたが、問題は今日の仕事についてだ。櫂成、蒼依、ロキの三人でその場に残って話し合いを続ける。

　まず、蒼依の隙間バイトはキャンセル、『アルディラ』のマスターに「就活を本格的に開始して、セミナーを受けながらインターンシップで働くことにした」とでも説明して、バーテンダーの仕事はしばらく休むほかない。

「このあと十時にここで話を聞くことになっている再調査の件だが、予定どおり俺が対応にあたる」

なんとか乗りきるしかないと言っていた櫂成のこの発言に、蒼依とロキは「え？」と困惑した。だって中身は櫂成だが、『蒼依』の姿だ。

「その依頼人と俺は幸い、まだ面識がない。『蒼依』をボスに仕立てることも考えたが、もし数日で元に戻ることができた場合、それだと話がややこしくなる。だから『蒼依』はうちのメインの調査員ということにしようと思う」

櫂成とロキの二人体制の『スパイダー探偵事務所』だが、じつは三人だった、ということにするつもりらしい。

「依頼人はこの事務所に探偵が何人いるかは知らない。『久住櫂成』は相談の場には同席することで体裁を保つ。実際に依頼人と詳細に話をするのは中身が俺の『蒼依』だ」

むちゃくちゃだが、それが依頼人の相談に対応可能な策だ。

「メインの調査員なんて……僕のその見た目で頼りないって印象を持たれないかな」

蒼依は不安いっぱいでそう訴えた。櫂成やロキとちがって、二十一歳と年齢も若い。どう見ても『頼りになりそうな探偵』というようなオーラがないのだ。そのせいで正式な依頼につながらないとなると、責任を感じてしまう。

「依頼人としっかり話ができれば大丈夫……と信じて俺もやりとおす。だから蒼依は探偵事務所のボス『久住櫂成』として挨拶する程度に留《とど》めたあと、できるだけ堂々と隣にいてほしい。ロキは、蒼依をサポートしてやってくれ」

「えーっと……俺は『櫂成』の姿の蒼依くんをサポートすればいいんだな」

ロキの確認に『蒼依』がうなずくのを見て、ロキは「いやもうどうやってもややこしいな！」と頭を抱えた。


再調査の依頼の件で『スパイダー探偵事務所』を訪れたのは四十代の女性、調査対象は彼女の二つ年下の夫だ。

『蒼依』が相談に応じると知ると、女性は一瞬驚いた顔をした。『蒼依』の見た目年齢が若く、とてもじゃないが腕の立つ探偵にも見えないのだからしかたない。

『蒼依』、そして横に『櫂成』の並びでソファーに座り、ロキは『櫂成』の傍で調査員として一緒に話を聞くかたちで同席している。『櫂成』になりきる蒼依をサポートするためだ。

――とにかく『櫂成』さんになりきる僕まで頼りないかんじに映らないようにしなきゃ！

対応する『蒼依』に最初こそ不安げだった依頼人の女性は、いろいろと話すうちにそれが徐々に和らぎ、払拭《ふっしょく》されていくように見えた。

質疑応答のかたちで、人生相談ともいえる依頼人の身の上話に真摯《しんし》に耳を傾けながら、『蒼依』はメモを取っていく。

心の奥まで探るような『蒼依』のまなざしは、まさに權成のそれだ。

「ご主人が尾行に気付いて調査員と対峙してしまった。しかし担当調査員はご主人になんとかしらを切りとおしたため、その件についてご依頼主の奥様にとくに謝罪もなく、証拠能力の薄い中途半端な調査報告で終了されてしまった……というわけですね」

『蒼依』が真剣な顔つきで依頼人の話をまとめると、女性は「はい」と肩を落とした。

「わたしもできるだけ主人の行動を把握して調査員に報告しようと、『どこへ行くの』『何時頃帰宅するの』といつもしないような追及を細かくしてしまったりして……そのせいで主人が警戒してしまったんです。わたしが調査費用をなるべく抑えようと考えたせいです」

申し訳なさそうにそう告白する女性に、『蒼依』は「あぁ……なるほど」と相槌《あいづち》を打つ。さらに隣の『權成』と目を合わせ、難しい表情でともにうなずきあった。これは『權成』がこの会話に参加しているていを保つための演出だ。

「探偵に調査を依頼しているというどこかうしろめたい気持ちや、費用が嵩《かさ》むことへの不安が重なり、ご依頼主様の行動が不自然になるのはじつはよくあることです。しかしそこをなんとか耐えていただくしかないのですが」

『蒼依』のそんな慰めに、女性は申し訳なさそうに笑みを浮かべた。

「奥様、今度こそ調査を完遂し、法的効力の高い証拠を摑みましょう」

力強い『蒼依』の言葉に、女性は「可能なんでしょうか」と問う。

「そのためにもご主人に対して『どこへ』『誰と』『どんな要件で』などの質問はしないようにしてください。奥様はいつもと変わらない生活を続け、『週末は大阪《おおさか》に出張だ』などご主人から告げられた内容をただ我々にご報告いただければ。あとはこちらで動きます」

「調査失敗から二カ月しか経ってなくて……主人は今も警戒しています」

依頼人の懸念に『蒼依』は「それは、そうでしょうね」と同意した。

「ですので、調査には時間がかかると思います。急がば回れでしばらくは泳がせて油断させ、決定的な証拠を摑むために数カ月から半年ほどかかるかもしれません。そのためおのずと費用も嵩みますので概算をご覧になり、ご検討いただくのがよろしいかと思います」

半年といわれて、女性は一瞬怯んだもののやがて表情を引き締める。

「かまいません。確実に証拠を摑んでいただけるなら！　夫と相手の女に相応の慰謝料を請求し、社会的にもぜったいに追い込みたいんです！」

強い決意を窺わせる口調と目力で訴える女性に、『蒼依』は「お気持ち、お察しします」と沈痛な面持ちで応えた。

「しばらくはご主人の行動調査に終始し、相手の女性の情報を収集して、それをご報告させていただきます。奥様は普段どおりに生活し、焦らずお待ちください」

この日はもともと「とりあえず相談を」という名目だったが、女性はその場で仮契約までして帰ったのだった。


三人の連係により再調査案件の仮契約に漕《こ》ぎ着け、蒼依もほっとした。

自分のせいで『スパイダー探偵事務所』への依頼が減るなどしたら、申し訳なさ過ぎる。

――この危機的状況でもうろたえたりせず、契約に結びつける櫂成さんはさすがだな……。

依頼人の懸念を払拭し、不安に寄り添い、難しい案件の判断をくだして契約を得る。

蒼依はその隣で『櫂成』になりきろうと努めてほぼ座っていただけだ。とてもじゃないが『櫂成』の姿をしていても、蒼依が彼の代わりなんてぜったいに務まらないと痛感するばかりの九十分だった。

この日は他に、昨晩の豪雨の中で撮った証拠写真の整理や報告書の作成、別の案件の尾行も行った。しかし尾行は人数が多ければうまくいくというわけではない。蒼依は主に車の運転手としての同行だ。

ロキと入れ替わっていた間に彼の代役として蒼依が調査活動を行っていた際に、「探偵の仕事、おもしろい！」となんだか自分の能力まで高められているような気持ちになっていたが、うまくいっているように感じられたのは櫂成のおかげだったと今なら分かる。

――なんかつくづく身の程知らずで恥ずかしい……！

結局この日、蒼依と櫂成は入れ替わった状態のまま一日が終わった。

仕事を終えたあとロキは今日も別行動で外泊するとのことで、蒼依と櫂成のふたりきりだ。

帰宅し、夕飯を準備しながら話をする。

今日は持ち帰りでとんかつを購入したので、食材を足してカツ丼を作ることにした。

「ロキさんの好きな人って、どういう方なんですか？」

「俺も詳しくは聞いてないな。蒼依と入れ替わる前に出会ってたらしいけど」

「えっ、じゃあ入れ替わってた一カ月間くらい、いきなり音信不通になっちゃった、ってことですよね」

「だな。だから不審がられてちょっと信用なくしたっぽくて。それで今がんばってんじゃない？」

知人でもない他人の身体といっとき入れ替わってました、なんて説明したら逆にふざけていると思われそうだ。

「あの入れ替わりがロキさんの人生にもそんなかたちで影響を及ぼしてたんですね……」

「たったひと月ほどだったけど、人と人が入れ替わったんだから。蝶の羽ばたきが予測不可能な現象を引き起こすこともあるっていう、バタフライエフェクトだな」

「バタフライエフェクト……」

じゃあ、今のこの入れ替わりが何か思いがけない不興を呼ぶかもしれない。

不安になった蒼依の後頭部を、櫂成が慰めるようにぽんぽんとなでてくれた。身長差がいつもと逆なので、櫂成からしたら、子どもが大人の頭をなでる気分だろうか。

「悪い影響じゃなくて、いい影響だってあるだろ」

それを具体的に想像できず、櫂成の言葉にすぐにうなずけない。

「バーテンダーと客っていう刹那的《せつなてき》な関係に留まらず、俺は蒼依のことを知れた」

それをよかったと、櫂成は言ってくれている。たしかにあの入れ替わりがなかったら、今もその関係から進展していなかったはずだ。

「今回の入れ替わりだってそうだ。いつもならすんなり届くところに、蒼依の身長だと手が届きにくかったり、頬の肉が俺よりぷにぷにしてんなぁとか」

「えっ、ひどい」

笑い話にしてくれた櫂成に、蒼依は感謝の思いだ。

「視点が変わったことでも、おまえのことをかわいく思うんだから、不思議だ」

穏やかな『蒼依』の横顔を見つめると、櫂成がそこにいると感じられる。櫂成がくれるやさしい言葉がうれしい。

「蒼依の綺麗《きれい》な身体にケガさせないようにしなきゃな。蒼依がロキの身体をたいせつに扱ってくれてた意味とその決意が、俺にもよく分かるよ」

目を合わせてほほえんでくれる櫂成に、蒼依は笑みを浮かべてうなずいた。

「思惑とか悪意があって入れ替わってるわけじゃないし、悔やむなよ」

励ましてくれた櫂成に、蒼依は「はい」と応える。

――でも、今回も原因は僕にあるはずだ。入れ替わった理由が分からないと、元に戻る方法も分からない。

ロキとの入れ替わりに意味があったように、この入れ替わりにも何か意味があるはず。

今回のロジックをとく鍵《かぎ》を、できるだけ早く見つけなければならない。


そういうわけで夕飯中の話題も、どうして蒼依と櫂成が入れ替わったか、についてだった。

「櫂成さんのことは容姿も素敵な人だと思ってるし、好きだけど、だからといって櫂成さんになりたいわけじゃないしなぁ」

男も惚《ほ》れる漢と言える。櫂成のような容姿なら、蒼依自身もちがった人生を歩んでいたかもしれないが。

「じつは今回の入れ替わりは俺のほうに原因がある……っていう可能性はないのかな」

カツ丼を食べる途中でふと思いついたように櫂成に問われ、蒼依は「あ……その線は考えてなかった」とうなずいたものの、思い当たる節がない。

「俺も、蒼依をかわいいやつだとは思ってるが……蒼依になりたいわけじゃないし」

そうつぶやいて彼は首を捻《ひね》る。

蒼依はカツ丼を食べる箸《はし》をとめた。

「櫂成さん、僕のことを『かわいい』ってよく言ってくれるけど……それって犬とか猫とかに抱くような気持ち……ですか？」

いやな予感がしつつおそるおそる問いかける。だってなんのためらいもなく櫂成の口から出てくるということは、好きとか愛とか、そういう類のものじゃないからでは、と思ったのだ。かわいいという言葉に『人に対する愛《いと》おしさ』が籠められているものと勝手に解釈し、いい気分にさせられていたが、そもそも恋愛感情じゃなくて『迷える子羊』に向けられた庇護《ひご》欲みたいなもの、ということはないだろうか。

あらためてその言葉の意味についてつっこまれ、櫂成は目を大きくしている。口から「かわいい」が飛び出すものの、その感情の出所については深く考えていなかったのかもしれない。

「……たしかにそういうかわいげは……感じてるけど、だからってそれだけじゃない」

櫂成がぼそっと早口でつけたした最後の言葉に、蒼依は耳をぴくりと反応させる。

「それだけじゃない、って？」

「いや……うん。まぁ」

こちらをちらりと一瞥《いちべつ》するだけで、言葉を濁して詳細を語ってくれない。

「櫂成さん」

「ごちそうさま。先に風呂入る」

あからさまにごまかされて、欲しい言葉は貰《もら》えない。彼が言う「かわいい」には『人に対する愛おしさ』が籠められているという自分勝手な想像を、櫂成に肯定してほしいのに。

蒼依は心の中で少しがっくりしてしまった。

そのあとはそれぞれ入浴をすませ、そろそろ就寝しようという時間になり、『どちらがどこで寝るのか問題』に直面した。

身体が『櫂成』の蒼依としては「僕がソファーに」と申し出たのだが、櫂成は「ん……」と唸って顔を上げる。

「今夜は俺の寝室のベッドで一緒に寝てみるか」

櫂成の提案に蒼依は目をまん丸にしてしまった。

「寝るっ？　一緒に？　え？」

「寝てる間に入れ替わったんだ。くっついて寝れば、朝になったら元に戻るかもしれない」

櫂成にしてみればハグも体当たりもキスも効果がなかったので、あきらめることなく思いつく方法は都度試しておきたいのだろう。

そういうわけで櫂成の寝室にふたりで入った。

同衾《どうきん》を意識しすぎて踏み入れた寝室はちがう景色に映り、蒼依の胸はこれまでとちがう強さで異様にどきどきと鳴っている。

「部屋の電気はぜんぶ消す？　ベッド下に常夜灯もあるけど」

さらりと問われて、蒼依は「ぜんぶ消してもらってけっこうです」と緊張しつつ返す。

真っ暗になった部屋でベッドの軋みと衣擦《きぬず》れの音さえ大きく聞こえ、蒼依はどぎまぎしつつ顔だけ櫂成とは反対のほうに向けた。

腕と腕がふれあう。寝具の中でのことだから、櫂成とくっついている感覚になる。

櫂成とベッドで一緒に眠るのははじめてだ。彼と経験していないことは山ほどある。

――ちゃんと本当の僕と櫂成さんの姿で、こういうことがしたかったな。

残念な気もするが、目を閉じて伝わるこのぬくもりは櫂成だと思えばうれしくもある。

そんなふうにあれこれ考えているから、眠気はやってこない。

もう何も考えまいとすれば、今度はついさっきバスルームで見たりさわったりした櫂成の裸体を思い浮かべてしまった。

――わ……わーっ、もう……！

入浴中に出来心で櫂成のペニスを手でこねこねとさわったら甘勃《あまだ》ちして、大慌てで局部に冷水を浴びせるという過酷な仕打ちをしてしまったことなど、櫂成にはもちろん伝えていない。

櫂成のものにふれたときの感触も視覚的なあれこれも、思い出すだけで身体がかっと熱を帯びる。

——ね……眠れない……！

いらぬことを考えたせいで目はぎんぎんで、頭もやけに冴《さ》え渡っている。羊なら一万匹くらいは軽く数えられそうだ。

「なぁ」

隣からいきなり話しかけられて、蒼依は「ひゃいっ」と声が裏返ってしまった。

櫂成が「なんだその『ひゃい』って」と笑う。

「男同士だから訊くけどさ……二十一歳の蒼依って、その、アレは週に何回くらいするものなんだ？」

「……は、い？」

何について問われているのかだいたい分かるが、分かりたくない。

「風呂入ってるときに、その、なんか……ちょっとさ……したい気分になって」

頭の中で爆竹が一箱分いっぺんに爆発したような衝撃だ。

蒼依は暗闇の中で目を大きく見開き、まばたいた。

「俺が『蒼依』の裸を見たから俺自身の気分なのか、『蒼依』の身体の生理現象なのか、どっちなのかよく分からんけども」

櫂成の言葉がまるで頭に入ってこない。蒼依が黙っているからか、櫂成が続ける。

「でもこれは蒼依の身体だし、勝手にするのはだめかなと思って風呂では我慢したんだけど。今後あんまり我慢するのは健康上よろしくないだろうなと」

「ななな何が、言いたいんですか」

「だから俺の感覚で勝手にオナニーしてもいいか？」

とんでもないことを問われて、「ええっ!?」と悲鳴を上げる。

「ぼ、僕の、ち、ち、ちんちんをっ？　耀成さんがっ？」

「でも、俺がそっちのおまえのを、逆におまえはこっちの俺のを、アレするのも変だろ」

「なっ、何？　どういうこと？」

「だから、お互いに元の身体のほうを弄《いじ》りあうのも変だろって」

中身は耀成だが、身体は『蒼依』なのだ。本来の自分である『蒼依』のペニスを耀成に弄られるなんてはずかしすぎて、蒼依は言葉を失い口をぱくぱくさせた。

「で、で、でもそれなら、もともとのお互いの身体ってことだから、僕は気持ち的にまだそのほうが」

恋人同士ならよかったが、キスもまともにしていない好きな人の身体でオナニーするほうが悪いことのようにも思えるのだ。

「そうか？　まぁ、蒼依がそう言うならそれでもいいけど。……じゃあ、する？」

「……えっ？」

「今、ここで。風呂で我慢したせいか、このままじゃ眠れそうにない」

蒼依は驚きのあまり、ついに彼のほうへ顔を向けてしまった。しかし真っ暗なために『蒼依』の表情は見えない。

眠れそうにないのはこちらも同じだ。蒼依はごくりと唾《つば》を嚥下《えんげ》した。

櫂成を今困らせているのは『蒼依』の身体なのだから、生理的問題は自分がなんとかしなければならないのかもしれない。

「でも、でもっ……」

戸惑ってあわあわとしていると、上掛けの下で櫂成が大きく動く気配があり、手を掴まれてそちらへ引き込まれた。さらに櫂成が身を寄せてくる。

「かっ、櫂成さんっ？」

「だから、そっちの手でするんだろ？　これくらいくっつかなきゃやりにくい」

掴まれた手に下半身を押しつけるようにしてすりつけられて、蒼依は「ひっ」と息を呑んだ。『蒼依』のそこがこりっと芯《しん》を持って膨らんでいる。自分のもののはずなのに、そういうふうに感じないのは、これが『櫂成』の手だからだろうか。

そこから離そうにも、櫂成に阻まれる。

「か、櫂成さんっ、ま、待って、待って、何が正しいのか分かんなくなってきたっ」

客観的に見れば『櫂成』が『蒼依』のペニスを弄ることになるのではないだろうか……と考

えたのだ。

「ここまできて……蒼依の身体なんだから、おまえがなんとかしてくれ。それに……もしかしたら元に戻れるかもだろ」

「まままさか、こんなことで元になんて戻るわけない！」

「発言に根拠がないのはお互い様」

頭は真っ白だ。『蒼依』が「早く」と『櫂成』の胸に顔を押しつけてくる。

「いつ元に戻るか分からないのに、こういう問題を後回しにもできないだろ」

「それは、そう、だけど」

「もう黙れ」

そう言われて口を噤《つぐ》むと、摑まれたままだった手を股間《こかん》に押しつけられて、ついに蒼依は観念した。

下衣の上から『蒼依』のペニスを手で覆い、惰性でゆるゆると動かしてみる。しばらくそうしているうちに、もっとというように手を強く押しつけられた。

胸に顔を寄せた『蒼依』が「ん……」と声を漏らし、どきっとさせられる。

——今のは櫂成さんの声……？

声は『蒼依』だけど、そうは思えないのだ。明かりがないせいで誰が誰のものを手淫《しゅいん》しているのかという部分は、まるで関係がなくなってしまっている。

「……いつも服の上からしてるわけじゃないだろ？」

擢成の問いに何も返せないでいると、手を下衣の中へ誘われた。

下肢はむわっと熱が籠もっている。生々しくて、恥ずかしい。でも今さら手を引っ込められない。

蒼依は目をつむり、内心で「これは僕。僕の」と唱えて、硬く膨らんだペニスを直《じか》に手で包み込んだ。よく知っている自分のペニスのはずなのに別物に感じて、どうしても頭がバグる。

無心で手を動かしていると『蒼依』が胸元でむずかるように呻《うめ》いて熱い吐息をこぼし、「そこ……気持ちいい」と小さく訴えてきた。

――じ……自分のっていうより、擢成さんのをさわってる気分……！

蒼依も腰の辺りがずんと重くなる。手筒でこすりあげるうちに、呼吸のリズムが速くなっていく。

「は……あっ……」

擢成の喘《あえ》ぎに煽《あお》られて、いつの間にか自分まで同調して息が上がっていた。興奮が抑えられない。息を弾ませているのは擢成なのか『蒼依』なのか、それとも自分なのか。

「……そっちは、俺がしようか」

「え……えっ？」

イエスもノーも言わないうちに、擢成の意思を持った『蒼依』の手がこちらの下着の中に入ってきた。同時に胸元で櫂成が笑い声を漏らす。

「バキバキすぎだろ。でも俺がなのか、おまえがなのか、よく分かんないな」

「か……櫂成さんのほうだって、下着まで濡《ぬ》れてる」

とはいえそれは『蒼依』の身体だ。

「おまえの、先走りが多くてやらしいな。あ、おまえのっていうのは『蒼依』のほうな」

恥ずかしい指摘をされて頭が沸いた。悔しさをぶつけるように手筒のスピードを上げる。

「……っ……、蒼依、それ……イきそ……」

「……！」

手に腰を押しつけられて、頭の中が急激にぶわっと沸騰した。

「ばか、ゆるめんな。もっと、強く、速くっ……して。俺もイかせてやるから」

指示されるままに手を動かす。彼も蒼依のほうのペニスをきつくこすり上げてきた。櫂成は両手を使って、陰嚢《いんのう》をゆるゆると揉《も》みながら陰茎を扱《しご》いてくる。

「あ……あっ……か、いせいさんっ……りょ、うて？　あっ、あっ……」

「蒼依は……いつもはタマのほうまで弄らねぇの？」

「しなっ……っ……はぁ、あ、やばい、それっ」

目をきつくつむると櫂成に手淫されているような気分が高まり、ますますヒートアップしていく。手を動かすことと、ずぶずぶと沈むような深い快楽に没頭する。

「蒼依っ……俺、もう出る……！」

「イ、イ……く、僕もっ……」

握り込んだペニスが張り詰めた直後に櫂成が達し、蒼依もそのあとを追うように迸《ほとばし》らせた。

「……はぁっ……はぁ……」

息が整うまでどちらも無言で、動けない。

実際にさわっていたのは『蒼依』の身体なのに、櫂成と互いを慰めあったような奇妙な体験だった。

「……ティッシュ、そっちの棚にある」

「……あ、はい」

受けとめた精液をこぼさないように握りしめ、手を拭ってため息をつく。

それからふたりとも寝室を出ると、明るい洗面台で順に手を洗い、お互いに鏡越しに目を合わせた。

「……なんか、何が正しいのか、分かんないな。俺がそっちをするのがいいのか、こっちを自分で処理するのがいいのか」

櫂成もなんとも気まずそうな複雑な表情だ。

相手の顔が見えない状態だったため、櫂成と互いを慰めあう感覚が強かった。好きな人との行為に性的な興奮はあったけれど、恋人になって櫂成としたかったことだから戸惑いが大きく、うれしいとか、ときめくとか、そういう甘い感情は湧かない。

「もともとの身体をさわるほうがいいって僕が提案したけど、想像以上に恥ずかしすぎました。それぞれでしたほうがいいですね。自分が知らない間にされたら、気付かずにすむし」

「ああ。そうだな。ひとりでするのが普通……だしな」

蒼依のあらためての提案に櫂成も同意し、ふたりはぎこちなく苦笑いして寝室に戻った。

――櫂成さんと性的なことをして元に戻る……ってこともナシか。それはそれでよかったといえるのかな。

自分の性欲が強すぎるせいとか、こういうことをしたいという願望のせいで入れ替わりが発生したなんてことが判明すれば、さすがに痛すぎる。

「あした目が覚めたら、元に戻ってればいいいな」

ベッドに入り、櫂成がそうつぶやく。蒼依も「ですね」と答えた。

入れ替わった原因も、元に戻る方法もやはり分からない。

あしたこそ何か変化があることを期待して、蒼依は目を閉じた。

□ 3 □

翌朝も蒼依《あおい》は『櫂成《かいせい》』のままで目が覚めた。同じベッドで眠った櫂成もしかりだ。

翌日も、翌々日も、入れ替わりの状況に変化はないまま過ぎていく。

もともとデートする予定だった木曜日は入れ替わりのせいでそれどころじゃなくなったので、おあずけとなった。

仕事については、初日と同じように『蒼依』が『スパイダー探偵事務所』のメイン調査員という体制で対応している。

マルタイの警戒が強い再調査案件は、今後どのように調査していくか櫂成が計画を立てて見積もりを提示し、正式な契約に至った。他にも調査が終了した案件の報告書を準備したり、調査中の案件の尾行を行ったりと、複数同時進行で相変わらず忙しい。

入れ替わりがとける方法がまるで分からないまま迎えた週末に、また新たな依頼人が探偵事務所を訪れた。ロキは再調査案件の情報収集を行っているので、『蒼依』、『櫂成』のふたりで対応にあたる。

咲良《さくら》が来客にお茶を出す際、蒼依に向かって「がんばって」というように目をあわせてくれた。


今日の依頼人はこの探偵事務所がある下北沢《しもきたざわ》に住まう、小暮《こぐれ》と名乗る五十代半ばの夫婦だ。

「うちの母が行方不明になって、明日で三週間なんです」

不安げにそう訴えるのは、行方不明者・小暮景子《けいこ》さんの実の息子。息子夫婦と同居する八十四歳の母親が出掛けたまま家に戻らないので、捜してもらいたいという相談内容だ。

『爛成』の姿の蒼依は、小暮夫妻に記入してもらった用紙を手に取った。

書かれた内容を確認すると、十年前に夫が先立ち、それを機に小暮夫妻が実家に戻るかたちで同居を開始している。他に夫婦の大学生の息子と高校生の娘という家族構成だ。夫婦は共働き。週に三日、下北沢のデイサービスを利用。とくに信仰する宗教などはない。

「母は軽度の認知症なんです。でもこれまでに家が分からなくなったことはありません」

「軽度の認知症……」

認知症といってもいくつか種類があるし、軽度から重度までランクもある。詳しく知らない様子の爛成に、蒼依が横から「認知症の手前の状態と考えてください」と短くアドバイスした。

小暮夫妻に『蒼依』が「でも、心配ですね」とうなずいた。

「景子さんはスマホをお持ちですか?」

「スマホはいなくなった日からつながりません」

「警察に行方不明届は出されましたか?」

「それはもう真っ先に。最初の一週間くらいは捜してくれている印象だったんですが……」

警察が大がかりな捜索を何週間も続けられないのは想像に難くない。

「思い当たる場所は自分たちでも捜しました。ビラを駅前で配ったり、スーパーに張り紙をしてもらったりも。自治体の防災無線で『行方不明者情報』の呼びかけもしていただいたんですが……手がかりがなくて」

その手作りのビラを見せてもらった。目尻に皺《しわ》が刻まれた笑顔の顔写真と、行方不明時の服装や体形等の情報がプリントされている。八十四歳と聞くと、だいぶ若く見える。

「警察でも同じことを訊《き》かれたと思いますが、家出の可能性は」

その問いに夫婦は顔を見合わせ「それはないと思います」と息子さんがきっぱりと答えた。横で奥さんも同意する。

「自分たちで言うのもなんですが、親子仲も嫁 姑《しゅうとめ》 関係もいいほうだと思います。おとなしい性格なので、日常的にお世話になってるデイサービスでも、とくにトラブルはなかったときいています」

こう訴えるのは奥さんだ。『蒼依』が「そうですか。分かりました」と返した。

「デイサービス以外に、おひとりで出掛けるような場所はありますか?」

「……近くのスーパーや商店街へ買いものくらいしか……。というか、母は昔からの友人や近所の方と出掛けることもあって、こうしてあらためて考えてみると、普段誰とどこへ行ってるのかなんてそんなに知らないものだなと……」

息子さんは申し訳なさそうにそう話す。

でもいくら仲のいい家族でも、互いの何もかもを逐一知っているわけじゃない。

ここまでの会話を横で『燿成』として聞くだけだった蒼依は、控えめに「あの……」と声を発した。『蒼依』が少し驚いた目でこちらを見る。

「僕からも質問していいですか？　介護施設での職務経験がお役に立つかもしれないので」

老人介護施設で高校卒業から三年ほど働いていた。いなくなった入居者を職員総出で捜し回ったこともある。それにお年寄りの気持ちやしがちな行動なら、少しは分かるつもりだ。

燿成が「話して」と言うようにうなずいてくれて、蒼依は小暮夫妻と目を合わせた。

「認知症が進行している可能性はありますか？」

蒼依の問いに、息子さんが「病院へは毎月行ってますし、症状は落ち着いているときいてます」と答えた。

「軽度認知障害は記憶力や注意力などの認知機能が低下してても、日常生活に支障をきたすほどではないといわれています。だから、徘徊《はいかい》とか、自分がどこにいるのか分からなくなっている可能性は低いんじゃないかなと」

これは燿成へ向けた説明だ。燿成は蒼依の見解を受け、「そっか。なるほど」と少し驚いた顔をする。

――何か事件や不慮の事故に巻き込まれた線も捨てきれないけど、自分の意思で家に帰っていないのかもしれない……。

無事だと信じたいし、その可能性にかけて捜すべきじゃないだろうか。

「いなくなる前日はどうでしたか？　いつもどおりでしたか？」

蒼依の問いに小暮夫妻は互いの顔を見て、息子さんのほうは首を傾《かし》げる。

「共働きなんで日中のことは分からないですが、夜は家族が揃《そろ》ってだいたい七時半過ぎに夕飯を食べて、テレビを見て十時前には就寝……と、いつもどおりでした」

「他に最近、何か変わった様子は？　些細《ささい》なことでも……たとえば、スマホをよく見てるとか、服装や持ち物や言動に変化が見られるとか」

息子さんはさっきと同じように首を傾げたが、奥さんが「そういえば」と思案顔になった。

「もともと化粧っ気のない人なのに、このところ何度かお化粧して出掛けることがあって。『おしゃれなお友だちと食事するから』って。その相手がどなたかまではきいてないです」

奥さんの証言に息子さんは「えっ、化粧？」と眉をひそめて驚いている。

「あなたがいた土曜日も、お化粧して出掛けてたわよ」

息子さんのほうはその変化には気付かなかったようだ。口紅が派手ではないようなナチュラルメイクだと気付かないのかもしれない。

女性がいつもはしない化粧をして出掛ける――毎回その『おしゃれなお友だち』と会っているのかもしれないが、なんとなく気がかりな情報だ。

「景子さんのお友だちと連絡は取りましたか？　お年寄りはスマホのアドレス帳より、手書きの手帳に書き込んで持ち歩いている人が多いです」

「たしかに、名刺サイズの手帳を持ってました。部屋に置きっぱなしだったので、片っ端からかけてみたけど……」

これです、と出された手書きの手帳も見せてもらう。しかしここから手がかりになるような情報は得られなかったようだ。

「軽度の認知症とはいえしっかりされているようなので……僕は、景子さんがご自身の意思でどこかにいらっしゃると信じて捜したいです」

蒼依は小暮夫妻をまっすぐに見据えてそう訴えた。

「じゃあ……母は家出したってことですか？　八十四歳なのに？」

「家出というか、どこか別の場所で暮らしたいと心では思っていた、とか。ご家族の仲が良くても、じつは『最期はこんな場所で過ごしたい』という希望を持つ方はいらっしゃいます」

「それなら俺にひと言くらい相談してくれれば……と、ここで言ってもしかたないですね」

親子だからこそ言えないとか、遠慮することだってある。

蒼依の隣で黙って話を聞いていた櫂成が、「わたしも彼と同意見です」と口を開いた。

「事件や事故に巻き込まれたという最悪の事態を想定して捜索するのは警察の役目で、我々は彼が言ったように、景子さんがどこかに無事でいらっしゃる可能性にかけて捜します」

櫂成の言葉によって、蒼依は自分の意見に自信を持つことができる。

すると小暮夫妻も「わたしたちも、どこかに元気でいると信じたいです」と賛同してくれた。

これでこの案件は『家出人捜し』という方向性が決まった。

蒼依は「他にも確認したいことが」と身を乗りだす。

「日頃飲まれているお薬はありますか。とくに注意すべき既往歴は？」

「認知症の進行を抑える薬は必要なくて、あとは血圧の薬を飲んでいるくらいで。その薬もおばあちゃんの薬箱に入ったままです」

でもその程度なら別の病院へ行けば処方してもらえる。

「そのかかりつけの病院に通院履歴は確認されましたか？」

「そういえば、病院へは訊きに行ってません。普段はわたしが病院に付き添ってます。お薬は一カ月分をまとめて出していただいていて、次の通院の予定はたしか来週の木曜だから……」

奥さんが蒼依の前で手帳を開いて、通院予定日を指し示した。

「たいていのお年寄りは予約時間よりだいぶ早く病院に到着して迷惑をかけないようにと考えるくらい、真面目に通院します。通院予定日はひとつのポイントかもしれません」

かかりつけの病院を張り込めば、もしかすると接触できるかもしれないのだ。

「では、日頃行くところ、または休日に景子さんと一緒に行った場所や過去の旅行先など思い出せる限り、お話していただいてよろしいでしょうか」

　糴成の隣で、蒼依もなんとか無事に見つけてあげたいという気持ちで、小暮夫妻の話に耳を傾けた。

　その日のうちに、小暮夫妻がすでに一度は話を訊いてまわったという近所のスーパー、喫茶店など立ち寄りそうなところ、そしてデイサービスの施設を、糴成と蒼依で再度訪ねた。夫婦から聞いたのと同じ話であっても、ニュアンスがちがって聞こえたり、相手が思い出した新しい情報を拾えることもある。

「景子さんが最後にこちらにいらっしゃったのはひと月ほど前かな。とくに変わった様子はなかったです。トラブルもないし。おとなしい方ですけど、いつもみなさんと楽しくされていて」

　下北沢のデイサービスの担当者にそう返されたが、蒼依は食い下がった。

「ここ半年くらいで何か変化はなかったですか？　たとえば、お化粧をするようになったとか」

　蒼依はどうしても「このところ何度かお化粧して出掛けることがあって」との奥さんからの

証言が心に引っかかっている。

担当の女性は「お化粧……うーん、見たことないですねぇ」と首を傾げた。

「こちらで景子さんと仲のいい男性なんかは？　その……恋愛的な意味も含めて」

「景子さんはかわいらしいおばあちゃんなんで、好意を寄せてる男性もいるんですけど、なにせご本人がおとなしい方だから。他の利用者さんたちと分け隔てないつきあいしかしてないんじゃないかなぁ」

異性関係に重要証言はなく、この施設に来るときは一度も化粧をしていないようだ。

そのあとも櫂成と蒼依は、景子さんが比較的親しくしているというデイサービス利用の女性や男性の数人に話を訊いてみた。

結果、これといった有力な証言は得られなかったが、「意外と囲碁が強い」「麻雀《マージャン》好き」「デイサービスのあとは毎回同じ店でパンを買って帰る」などの新しい情報を得た。

「櫂成さん、囲碁サロンや麻雀店って、けっこうお年寄りが昼間から集まってるんですよ。可能な限り回ってみませんか？　そういえばこの辺りの公園でご老人方が集まって囲碁をやってるのも見かけたことあるなぁ。デイサービス以外の交遊関係につながるかも」

施設の駐車場に停めた車のボンネットに紙の地図を広げ、スマホで検索しながら予測できる行動範囲内に景子さんが立ち寄りそうな場所を蒼依が書き込んで行く。

蒼依の提案に櫂成が面食らったような顔をするので、「だめ、ですか？」と問うた。

のだ。

「いや……、だめじゃない。的を絞るのが理論的だし、着眼点が鋭いなと感心した。蒼依の前職の知識がこの案件にものすごく役立ってる。頼りにしてるからな、相棒」

耀成に笑顔で褒められて、蒼依は驚きつつも「介護施設での経験が今こそ活かせたらいいですけど」とてれた。だってまさか、探偵の仕事で耀成に頼ってもらえるとは思っていなかったのだ。

「来週の通院予定日は病院を張り込むとして、それまでに可能な限り情報を集めたいな」

「でも、血圧の薬を自宅に置いたままだから、かかりつけの病院に来ない可能性は高いです。薬を他の病院で手に入れていたら、必要がないんで。とはいえ、通院予定をキャンセルするっていう電話は、病院にちゃんと入れるんじゃないかな」

蒼依がそう予想すると、耀成は「まずは病院に行ってみよう」と病院の位置を赤ペンで書き込んだ。

デイサービス施設から病院へ移動し、窓口で「もし小暮景子さんから連絡があったら報《しら》せてほしい」とお願いした。その足で次は囲碁サロンや麻雀店をまわる。

景子さんの顔写真を手に、公園に集まる囲碁クラブの人たちにも聞き込みを行った。

「知りあいの八十代のおばあちゃんがいなくなって、捜すのを手伝ってるんだ。この人なんだけど、最近この辺りで見かけなかった？」

蒼依が囲碁テーブルを囲むお年寄りの傍に屈《かが》んで、彼らと目を合わせながら耳に近いところで話しかける。高齢者は高い音が聞き取りにくいので、落ち着いた声色で言葉を句切りながら話すと伝わりやすい。

しかし顔見知り程度の人はいるものの、発見につながるような目撃情報は得られずに空振り。そう簡単にはいかないと分かっていたが、自分の予想が掠《かす》りもしないことに少々落胆する。

すっかり日が暮れて、今日の調査は終了だ。

「景子さんは囲碁や麻雀をデイサービスで嗜《たしな》む程度だったんだろうな。調査開始して一日目なんだし、大きな収穫が得られなくて当然だ。それより俺は蒼依がお年寄りと会話しながら情報を上手に訊きだすのを端から見てて、さすが経験者だなと思ったよ」

「東京に出てきて、久しぶりにたくさんの高齢者の方と話したなぁ」

思い出すだけで自然と笑顔になる。蒼依が「囲碁、楽しそうですね」と白髪の男性に話しかけると、「黒番だ。あんたなら、次の一手どうする？」と訊かれて、託されて打った一手でその場が盛り上がったりもしたのだ。

帰り際にはまるで孫扱いされ、「また相手しに来いよ」「このかりんとうまんじゅう、うまいから持っていきな」と土産を渡されたりなどして。蒼依の手元のビニール袋には、まんじゅうの包みや個包装の菓子がたくさん詰められている。

そのとき櫂成が隣で「ふふっ」と笑っているのに気付いた。

「いや……ごめん。蒼依が『入れ替わってしまったし、どうしよう櫂成さ～ん』って俺のうしろから半泣きでついてくるみたいなのを想像してたのに」

「僕のイメージそんな？　なんか幼稚園児レベルじゃないですか」

反論すると、これにも櫂成が「ごめんごめん」と謝ってくれる。

「案外甘えてこないな、ってちょっと肩透かし感ありつつ、頼れる相棒に嬉しいのもある」

「櫂成さんが傍にいてくれるから、安心してられるんです」

これは謙遜《けんそん》ではなく本当のことだ。

この言葉には櫂成も少してれくさそうにはにかんだ。

「あしたは景子さんの親しいご友人の数人と会うアポを取ったから、そこから何か情報を得られるかもしれない。頼むぞ、蒼依」

こんなとき、櫂成は落ち込みぎみの蒼依を励ますというより頼ってくれるのがうれしい。

あしたの友人らの証言から何か見いだせることに期待し、ふたりは探偵事務所に戻った。


それから通院予定日までの間、蒼依は櫂成とともに、景子さんの友人知人に電話や直接会うなどして聞き込みを行う日々が続いた。

その中で「二、三カ月くらい前にカラオケサークルの集まりで知りあった」という鍵《かぎ》になりそうな情報をくれた七十代の女性がいたが、「景子さんは誘われて来た人でサークルには所属していない」「誰に誘われて来たのかまでは覚えていない」ということだった。

その情報を小暮夫妻に確認したが、「母がカラオケに？　家族で行っても歌わずに聴いているタイプ。つきあいで参加しただけでは……」とのことだった。

景子さんは誰に誘われて、カラオケサークルの集まりに顔を出したのか。

その日は複数のサークルとサークルに所属していない人も含めて三十名ほどいたらしい。集まっていた全サークル名だけでも分かればよかったが、その女性とは「主催者と連絡を取ってみます」という三日前のやりとりが最後になっている。

調査が行き詰まる気配の中で、通院予定の日を迎えた。

「小暮景子さんから電話が？」

まさに「これから病院で張り込もう」と車で向かう途中、病院の受付に女性の声で『今日の予約はキャンセルします』という連絡が入ったとの情報がもたらされたのだ。

「それは小暮景子さんご本人からですか？　あ、そこまでは分からない……そうですか……」

耀成が病院からの通話を終え、「予約キャンセルの電話は携帯電話番号だったそうだが、それは個人情報なのでおしえられないとのことだ」とため息をつく。

「もともと景子さんが持っているスマホではないのかもしれないですね」

蒼依が景子さんの携帯番号にかけてみるが、やはり電源が入っていない状態だ。

「でもこれで、本人がどこかで元気にしているかもしれないという希望がより持てるな」

誰かが景子さんになりすましてかけている、という可能性はできれば考えたくない。

櫂成は病院にかかってきたという景子さんからの電話の件を、すぐさま小暮夫妻に報告する。夫婦もやはり本人からの電話だと信じ、調査を続行してほしいとのことだ。

——どこかで無事だとして、景子さんはどうして失踪《しっそう》したんだろう。

家族仲も良く、人間関係でトラブルもない。平穏な日々。なぜそこから離れたくなったのか。今のしあわせな暮らしから離れるほうが、より自分のしあわせにつながると考えたのか。

——離れたい理由がないなら、別のしあわせをどこか他の場所に見つけたのかな。

希望的観測だが、悪い想像ではなくできればそうであってほしい。

「……さて、今日から調査範囲を広げるか」

櫂成のつぶやきに、蒼依は考え込んで俯《うつむ》けていた顔を上げる。

「家族にとって景子さんは『カラオケに行かない人』だ。だったらこれまでとは逆に、景子さんが行きそうにないところをあたる。もちろんカラオケ店、カラオケ教室なんかも」

「そっか……家族にも積極的に話していないようなところ、ですね」

蒼依は同意してうなずいた。

「どこだと思う？　介護施設で働いていた経験がある蒼依の意見を聞かせてくれ」

櫂成に頼られて、精いっぱい期待に応えたいと思う。

「そうですね……八十四歳、おとなしい性格の景子さんは行かないような、でも同年代の人なが行われている施設はどうかと蒼依が提案した。

「パチンコ店、高齢者も入会できるスポーツジム、合唱団やフラダンスなどのカルチャー教室ら行きそうなところ」


別行動のロキが今のところひとりで担当している再調査案件のほうは、マルタイに気付かれないようステルス情報収集を続けている。マルタイをしばらく泳がせて油断させるのが目的なので、本格的な調査開始はまだ先だ。

小暮景子さんの行方が分からなくなり、ついに一カ月が経った。『スパイダー探偵事務所』で調査を開始して十一日。発見につながる有力情報はいまだない。

蒼依と糴成の入れ替わりも今日で二週間だ。

「……入れ替わったまま、だな」

「ですね」

ふたりは糴成のベッドで身を起こし、お互いに「おはよう、俺」「おはようございます、僕」と挨拶《あいさつ》してくすりと笑った。このままでいいわけはないけれど入れ替わりが常態化して、こんな冗談みたいなやりとりをすることもある。

一緒に眠っても元に戻らないということはもう分かっている。やめるタイミングがなく続けているのもあるが、リビングのソファーベッドでロキが寝る日もあるからだ。

「ロキ、おはよう」

燿成の挨拶にロキがコーヒーを淹《い》れながら「おはよう、燿成、蒼依くん」と返してくれる。

三人で昨晩の残りもののサラダと、バタートーストという簡単な朝食を準備して、テーブルにコの字の並びで座った。

「しかし元に戻んないな。俺と入れ替わってたときもひと月くらいだったけど。いまだに原因は分からないいんだろ？　案外、今回の原因は燿成のほうにあったりして」

ロキがにやにやしながらそんなことを言う。

燿成も以前「じつは今回の入れ替わりは俺のほうに原因がある……っていう可能性はないのかな」と言っていた。結局それもどうなのか分からなかったが。

「案件が立て込んでたときに燿成が『蒼依にぜんぜん会えない』ってぶつぶつ言ってたじゃ……あいたっ」

燿成がテーブルの下でロキの脚を蹴《け》り「よけいなこと喋《しゃべ》らずに食え」とぼやいている。

「ほんとのことじゃん。やっと会えても蒼依くんが仕事中だし、ようやくゆっくり食事できたと思ったら今度は燿成に仕事が入るし。だから状況的に離れられなくなるように入れ替わっちゃった〜とかさ。あり得ると思うんだけどな」

ロキが明かしてくれた燿成の話は、誇張などなくすべて本当なのだろうか。

蒼依はひそかに反応を窺《うかが》うが、櫂成は持論を展開するロキの口をとめるのはあきらめたのか、知らん顔でテレビなど見ながらバタートーストにかじりついている。代わりにロキが蒼依に向かって、意味ありげににんまりとして話を続けた。

「でもさ、だとしたら四六時中ふたりでこれだけ一緒に過ごしてるわけだから、もう入れ替わりがとけてもいいんじゃないのって気もするけどな。入れ替わったところで、『会いたい』『一緒にすごしたい』っていう本当に本当の欲求は満たされないだろうし」

にししと笑うロキの前で、蒼依はゆるみそうになる口元を隠してコーヒーを飲んだ。

当の本人は「そうだ」とも「ちがう」とも言ってくれないけど……と思っていたら、櫂成が口を開いた。

「俺は毎日、早く元に戻りたいと思ってる。こんな状況……結局俺が望んでたかたちで蒼依に会えないのは変わらないし、もどかしいだけだからな」

櫂成は言うだけ言って最後はてれたのか、「ごちそーさま」とぶっきらぼうに食器を手に立ち上がる。

——え、えっ、じゃあ、櫂成さんはちゃんと、僕と同じ意味で僕に会いたいって思ってくれてたって、自信持っていいってことかな？

ロキが「やば。俺がきゅんときたわ」と笑顔を見せる横で、蒼依はどきどきと胸を高鳴らせていた。

その日、もうあきらめかけていた「カラオケサークルの集まりの主催者と連絡を取ってみます」と言ってくれた七十代の女性から連絡がきた。

主催者の男性と待ち合わせた桜新町《さくらしんまち》のカフェに、耀成と蒼依で向かう。

六十代の男性は小暮景子さんとはそのカラオケサークルの集まりの際に同席しただけで、直接の知りあいではないらしい。

すでに事のあらましを聞いており、「小暮景子さん発見のためのお役に立てばいいですが」とふたりに名刺を出して挨拶をしてくれた。

「仕事をしておりまして、なかなか連絡ができずにすみません」

男性はまずそんなふうに詫《わ》びて、当該のカラオケサークルのちらしを耀成である『蒼依』の前に置いた。

「このときは五つのサークルが集まって、カラオケや食事を楽しんだんです。小暮景子さんがどなたのお連れさんだったのかは直接には存じ上げませんが、それぞれのサークルの代表者を辿《たど》っていけばつながるんじゃないかと。わたしが各代表者に連絡を取り、捜してもらいました」

ありがたいことに、この主催者の男性がそこまでして動いてくれたらしい。

結果、そのサークルのひとつに所属する七十八歳の男性が景子さんをこの集まりに誘い、親しく話していたという証言が得られたものの、当人と連絡が取れないらしい。

「連絡が取れない……というと?」

「スマホに電話をかけてるんですが、出ないんですよ。まぁ、年寄りにはよくあることなんですけどね。そういうわけで、勝手に連絡先をお伝えするわけにもいかず。その方ともし連絡がついたら、またご報告させていただく……ということでよろしいでしょうか」

そういう事情ならこちらとしては待つしかない。

「でも、そのサークルが活動に使ってるというカラオケスナックのお店をお教えしますよ」

主催者の男性からの申し出に、耀成が「それはありがたいです」と頭を下げた。


教えてもらったカラオケスナックは赤羽《あかばね》だ。

主催者の男性とわかれたあと、世田谷《せたがや》の桜新町から今度は北区の赤羽まで移動。首都高を使っても渋滞などあれば一時間近くかかる。

向かう車の中で、蒼依はこれまでずっと感じていたことを口に出した。

「景子さんは……恋をしてるんじゃないかな。言ってしまえば、どなたかと交際している」

ぽつりと告げると、耀成が「恋?　交際?」と驚いた声を上げる。

「僕……『景子さんがいつもはしない化粧をして出掛ける』っていう話を聞いたときから、もしかして今どこかで、好きな人と一緒にいるんじゃないかなって……」

彼女自身は歌わないカラオケ、それもなじみのない大人数の集まりに参加する——だからよほど頼れる人が傍にいたのではないだろうか。景子さんを誘って親しげに話していた男性、彼が電話に出ないというのも気になってしかたない。

友人知人を調査してみると、『おしゃれなお友だちとの食事』は実際にあったことだった。でも一回だけ。だからそれ以外にも、景子さんは化粧をして出掛けていたはずだ。

「それじゃあ、まさか……駆け落ちってことか？　八十四歳だぞ？」

にわかに信じがたいという様子の權成に、蒼依は「はい」と真剣にうなずいた。

「高齢者同士の恋愛って、じつはけっこうあるんです。恋に胸を躍らせたり、よく思われたくて着飾ったり、ライバルと派手にケンカしたり、嫉妬《しっと》だってする。年齢なんて関係ない」

「ええ……そんな？」

「そうですよ。『彼を盗《と》らないで』ってけっこうバチバチだったりします。あと、高齢者の恋愛に多いのが……家族や周りの目を気にして、萎縮《いしゅく》してしまうこと。『色ぼけ』と揶揄《やゆ》されたり、『気持ち悪い』なんてひどい暴言を吐かれたりすることも多くて」

すると權成が、「あ……俺も『八十四歳だぞ』って差別的な反応してしまった。ごめん」と謝るので「驚く気持ちも分かります」と蒼依はほほえんだ。

「年老いた母親が色事に走ってるというふうに捉えて、家族から『近所の目があるのに』とか『恥ずかしいからやめてくれ』と言われたりすれば、当人は悲しいですよね。だって本当に、ただ人を好きなだけなのに。『先立ったお父さんがかわいそう』と責められるという話もよく聞きます。親と子、どちらの気持ちも分かるだけにつらいです」

「あぁ……そういえばあの依頼人の息子さん、『えっ、化粧?』ってちょっといやがるような反応してたな……」

蒼依もそれは最初から引っかかっていた。高齢の母親が着飾ること、おそらく恋愛することも素直には歓迎できない――日頃の言動や、あの男性自身の考え方が透けて見えたのだ。

「自分の息子や娘に、反対されたり眉をひそめられたりするのって、いちばん傷つくから。嗤《わら》われるんじゃないか、やめてくれと言われるんじゃないかって考えて、家族には知られたくない、責められたくない、だから隠してしまう、っていうのはあるんじゃないかな」

予防線を張って、周りに自分が恋していることを知られないようにしていたのではないだろうか。普通にしあわせな日常の中で周りに理解してもらえないという独特の孤独感があって、今の生活を捨てて好きな人との時間を選ぶ決意に至るのはおかしな話じゃない。

「景子さんがこれまでどんな人生をおくってきたのか、僕には想像できないけど」

「一九三九年、昭和十四年生まれ。世は日中戦争のさなかに第二次世界大戦が勃発した年だな」

蒼依からすれば教科書で習ったことのある歴史上の出来事にすぎない。あのくらいの年代の人たちは現代人以上にいろんなことを我慢して生きてきた、というイメージがある。様々な苦労もしあわせだったと言える人もいるかもしれないが。

「残り少ない人生を自分の好きに生きたいって思う気持ち……なんだろうか」

　櫂成が静かにそうつぶやいた。

「たいていはお金の問題だったり、身体的な問題だったりで、希望どおりに好きにできる人は少ないでしょうけど」

「そっか……そうだよな」

　ふたりでしんみりと景子さんの人生に想いを馳《は》せる。

「もし蒼依の想像が当たっていたとしたら、見つけるのが正解なのか分からないいな」

　櫂成の言うとおり、当人から「黙っていてほしい」とお願いされる可能性はある。

「……でも、それなら僕は、ご家族との仲を取り持ってあげたいな。最期に家族と会えないなんて、そんなのみんながつらすぎるから」

　なんとか景子さんを見つけて、帰りを待っている家族に報告してあげたい。

　主催者の男性が紹介してくれた赤羽のカラオケスナックが開くのを待って、ふたりは訪ねた。

「あー、何度かうちでお見かけしましたよ」

スナックのママが景子さんの顔写真を見て即答してくれる。

希望の光が見えた気がして、蒼依は目を大きくした。つまり景子さんは何度も下北沢からこの赤羽のカラオケスナックに来ていたことになる。

蒼依は食いつくようにして「あのっ」と身を乗りだした。

「この女性のご家族が心配して行方を捜されてるんです。女性がいつも一緒に来店していた方とか、とくに仲が良さそうな方はいらっしゃいませんでしたか？」

スナックのママは「あら、そうなの……」と心配するような声で目を瞬かせる。

「カラオケサークルの何人かでいらっしゃるときもあったけど、いつも常盤《ときわ》さんと一緒だったと思うけど」

はじめて聞く名前だ。蒼依は櫂成と目を合わせてうなずいた。

「その常盤さんって、どんな方ですか？　男性、ですか？」

「うちの常連さん。七十七、八歳の男性。背が高くて、歌がお上手で。その写真の女性が……歌うのは見たことないかな。でも常盤さんの隣で『わたしはこの人の歌を聴くのが好きなんです』って。勝手な印象だけど、仲のいいカップルってかんじ」

スナックのママの証言に蒼依は自身の体温が上がるのを感じる。

カラオケは唱《うた》わないけれど、好きな人の歌は聴きたい。だからカラオケだって行く。そんな景子さんの気持ちが想像できる。

「常盤さんのお写真なんか、お持ちではないですか？」

ママはスマホに保存している画像を検索し、「五年前のだけど」と見せてくれた。五年前なら常盤という男性は当時七十三歳くらいだろうか。容姿にそれほど変化はないだろう。

このスナックで行われた周年記念パーティーのようだ。パーティーといっても、ホストクラブやキャバクラみたいな派手なものではなく、飾りつけられた店内を背景に笑顔のお客さんたちの集合写真となっている。

櫂成が「この画像、いただいてもいいですか？」と許しを貰《もら》って保存する。

蒼依もママに話を訊いた。

「ここで最後に見たのはいつ頃ですか？　その常盤さんと連絡を取れたりは……」

「うーん……三カ月以上前かなぁ。そういえばここ最近はいらっしゃらないわね。電話をかけてみましょうか？　あ、最近引っ越しされたってカラオケサークルの方が話してたような」

ママはそんなふうに言いながら常盤という男性に電話をかけてくれたが、「出ないわね」とつぶやいた。そのあとサークルのリーダーにも連絡を取ってくれた。

「そういえば常盤さんはどの辺りに引っ越したの？　赤羽から遠いの？　あら、巣鴨《すがも》？　いいじゃない。とげぬき地蔵からだと……十分くらいって話してたって？　それは毎日お参りすれば長生きしそうね」

世間話のついでのていで引っ越した先をうまく訊いてくれたが、それが限界だ。

ママは通話を終え「常盤さんと連絡が取れたらお知らせしますよ」と笑顔を見せてくれた。

「なんとか……連絡を取りたいので、どうかよろしくお願いします！」

常盤という男性はあえて電話に出ないでいる可能性もある。

でも巣鴨のとげぬき地蔵から徒歩十分の範囲まで絞り込めた。その情報に賭《か》ける価値はありそうだ。

もうすぐ陽が暮れる。

スナックを出て、車の中で巣鴨周辺の地図を開いた。

「とげぬき地蔵から徒歩十分。普通は八百メートルで換算する。蒼依、お年寄りの脚力ならどれくらいの距離にあたる？」

「だいぶしっかりした方でも五百メートルくらいじゃないかな」

ここ赤羽がある北区のとなり、豊島《としま》区だ。巣鴨、大塚《おおつか》、駒込《こまごめ》、千石《せんごく》あたりまでが範囲に入る。

「徒歩圏内の巣鴨の商店街にカラオケスナックが何軒かあるな。これからちょうどオープン時間だからあたってみるか」

そんな会話をしていたとき、櫂成のスマホに小暮夫妻から連絡が入った。

通話している櫂成の横顔がみるみるこわばる。その声色から、いい報せではないのでは……と、蒼依はいやな予感で緊張した。

「そうですか……分かりました。何時になってもかまいません。ご連絡をお待ちしております」

スマホをポケットにしまいながら、耀成が奥歯を噛《か》みしめたような表情で蒼依のほうに振り向いた。

「府中《ふちゅう》市のほうで身元不明のご遺体が見つかって、その背格好などが小暮景子さんに似ているから確認に来てほしいと、警察から今し方、小暮さんに連絡があったらしい」

電話の内容を告げられ、血の気が引く。

蒼依は瞠目《どうもく》したまま固まった。

「小暮さんご夫婦はこれから府中へ向かうそうだ。身元確認のあと連絡を貰うことにした」

これまで一度も出てこなかった地名。府中は地理的にもまるで逆方面だ。

自分たちはもしかすると、まったく的外れな調査をしていたのだろうか。

「……発見が遅れたの……間違った方向から調査してたせい……？」

蒼依のつぶやきに、耀成が眉を寄せる。

「まだそうと決まったわけじゃない。悲観するな」

「でも……！」

「警察は警察で事件事故の両面から行方を捜していたんだ。俺たちも情報を集めて推測して動いているが、誰にも小暮景子さんがいなくなった本当の理由は分からない」

のんきに「高齢者の恋愛なのでは」なんて推測している場合ではなかったのではないか。

「蒼依」

太腿《ふともも》に置いていたこぶしを櫂成にぎゅっと握りしめられて、泣きそうな気分で顔を上げる。

「俺たちは、府中のご遺体が景子さんじゃないと信じて待とう」

櫂成が手を握ったまま、もう片方の手で頭をなでてくれる。

不安でいっぱいで、蒼依はそれにはっきりとうなずけなかった。


それから探偵事務所内で連絡を待つこと三時間近く。小暮夫妻からついに連絡がきた。

もちろん、景子さんが無事だと信じたい。

櫂成が電話対応している最中、蒼依はソファーに小さくなって座っていた。

「蒼依、安心しろ。府中のご遺体は景子さんじゃなかった」

「ほんとですか！　気易く言えないですけど、でもよかったぁ……」

発見されたご遺体のご冥福を祈り手を合わせつつ半泣きでそう返すと、櫂成は「俺もほっとした」と隣に腰掛ける。

「でも、これでますます景子さんの行方を摑《つか》み、なんとか連絡を取って無事を確認したいという気持ちが高まったな」

耀成の力強い言葉に、蒼依も何度もうなずいたあと、なんだか気が抜けて脱力してしまった。

「お、おい、大丈夫か」

気遣ってくれる耀成に「ははは……」と笑ってみるが、極度の緊張がいきなりとけて、身体に力が入らない。そんな蒼依を耀成が抱きとめるようにして支えてくれる。

「俺に寄りかかっていいから」

やさしく耳元で囁《ささや》かれて、抗《あらが》うことをやめた。目を閉じて、自分より身体の細い『蒼依』の胸に寄りかかる。

「さすがに、俺も肝が冷えた。無事にどこかで生きていてほしいと思って捜してるわけだし」

耀成も「ふう……」と長いため息をついている。

「……耀成さんは今までに、そんな……悲しい報せを受けた経験はありますか?」

「昔の恋人の行方を捜してほしいって依頼があって、その相手は数年前に病死してた……みたいなことはあるけど。結局見つからないまま調査を終えることもあるし。生きてると信じて捜してる最中にご遺体が見つかったかも、なんて報せを受けたのははじめてだったよ」

『スパイダー探偵事務所』に持ち込まれる依頼の大半は浮気調査。以前、ストーカーや犯罪のほう助になりかねない人捜しの調査は断ることも多いと言っていたくらいだ。

蒼依の耳元で心音がとくとくと鳴っている。あたたかい。

これは『蒼依』の心臓が動く音だけど、まぶたを閉じていると、耀成のものとして感じられた。それに、落ち着かせるように、櫂成がずっと頭をなでてくれている。

「僕……介護職の経験があるからって、ちょっと得意げになってた……」

「なんで反省してるんだ。いいじゃないか。蒼依に仕事の経験があるおかげで、お年寄りから情報を得るのに役立ってる。俺はとても助けられてるし、頼りにしてるって言っただろ」

自分の判断に責任を感じるのだ。捜している家族の想いだけじゃなく、人の命がかかっているかもしれない。それをまざまざと感じた。

「……ことの真相に、景子さんに、近付いてるといいけど……」

「あしたは、朝から巣鴨に行ってみよう」

「景子さんを見つけたい。無事を確認したい……!」

「あぁ、そうだな。俺もそう思うよ」

そのとき、蒼依の、『櫂成』の髪に、なぐさめるようなキスをされた。

はっと顔を上げると、櫂成はやさしい目でこちらを見つめている。

見つめあったあと、蒼依はもう一度、櫂成の胸元に顔を押しつけた。

これが櫂成の本物の胸なら、どんなによかっただろうか。

「……景子さんのこともだけど、それが解決したら……、僕たちも元に戻れるかな」

「そうだな。早く景子さんを見つけて、俺たちも元に戻りたいな」

蒼依は櫂成の背中に両手をまわし、ぎゅっとしがみついた。櫂成もそっと力を込めて抱擁し

てくれる。

ふたりで抱きあっていると、繭玉《まゆだま》の中にいるような気分で、身体が柔くなり、心が落ち着く。入れ替わっているけれど、これはまぎれもなく權成と蒼依の身体だ。

隣りあうパズルのピースみたいにふたりがこんなにぴったりなんて、このときはじめて覚えた感覚だった。

□　4　□

次の日、耀成《かいせい》と蒼依《あおい》は朝から巣鴨《すがも》の商店街で聞き込みにまわった。

巣鴨地蔵通り商店街は全長約七百八十メートル、二百店舗が軒を連ねる。昼間も営業しているカラオケスナック以外は開店する夜まで待つことにして、スーパーやクリーニング店など、生活するのに必要なところを中心に訪ね歩く。

途中で休憩をかねて昼食を取り、午後一時過ぎに調査を再開した。

「あー、その方、ときどき買いものに見えますよ。男性と一緒のこともあるし」

青果店のご主人が、景子《けいこ》さんの写真を見てそう証言してくれた。

「ツレの男性は、この方ですか？」

赤羽《あかばね》のスナックのママから入手した常盤《ときわ》という男性の画像も見てもらう。青果店のご主人は
「あー、うん、この方……かも」と少しはっきりしない答えだが、まったくちがうわけではなさそうだ。

「姿を見たのは、最近だといつ頃ですか？」

蒼依が早口で問うと、「そうだねぇ、二、三日前だったかな」と答える。

「二、三日前……！」

いよいよこの周辺で生活しているのでは、という可能性が高くなってきた。

「どちらの方向から来てるか分かりますか」

これは櫂成の問いかけだ。

「新庚申塚《しんこうしんづか》駅方向から来てるんじゃないかな」

この情報から、だいぶ的を絞って調査ができる。

ふたりは紙の地図を広げ、徒歩十分圏内の大きな直径だった円をぐっと狭めて「この辺りからこの辺りまで」と推測した。

そこから立て続けに数軒の店主から「ときどきうちで買いものしてくれますよ」という証言を得ることができた。

「もう間違いないな。現在、小暮景子さんは、常盤という男性とこの辺で暮らしてる」

櫂成の力強い声に、蒼依は胸が高鳴った。

商店街を新庚申塚駅方面に向けて進んでいると、櫂成のスマホが鳴った。赤羽のスナックのママからだ。

「常盤さんから連絡があった？　それで、常盤さんはなんて」

そこで櫂成がスマホをスピーカー通話に切り替えてくれる。

『家族が捜してるなんて話はしないで、あしたうちで周年記念パーティーをやるから久しぶりに彼女と一緒に来ない？　って誘ったのよ。周年記念はほんとは来週なんだけどね。うちの店とは二十年近いつきあいだし、五年ごとにやってるうちの周年記念、前回も来てくれたから、常盤さんの情の厚さに賭《か》けてみたわけ。行くって言ってくれたわよ』

「……じゃあ明日、わたしたちがそこに伺えばいいんですね？」

失踪《しっそう》してひと月経ち、現在住んでいる巣鴨から少し離れているし、なじみの赤羽のカラオケスナックなら油断して来てくれるかもしれないのだ。

「もし常盤さんだけが現れたとしても、なんとか説得して小暮《こぐれ》景子さんと連絡を取らせてもらえるように話をつけなきゃならない。蒼依……決戦は明日だ」

「はい」

蒼依は力強くうなずいた。

そして翌日。周年記念パーティーを開始すると伝えた十九時より早く、櫂成と蒼依は赤羽のカラオケスナック内で客としてスタンバイした。

「来るかな……常盤さん……景子さんも」

櫂成と蒼依はカウンターに並んで座っている。

来てくれると信じて待つしかない。

「櫂成さん……今回みたいな高齢者の行方を調査した場合、普通は依頼人に居場所を報告するか対象者を保護したら調査は終了ですよね」

「そうだな」

「お願いがあるんです。僕は……黙っていなくなった景子さんと、ご家族との仲を取り持ってあげたい」

これは調査を開始した頃から櫂成に話していたことだ。

「そのためには、景子さん、そして常盤さんの話を聞かなきゃな」

櫂成がうなずいてくれて、蒼依はほっとほほえんだ。

定刻の十九時をまわり、刻々と時間はすぎていく。

気付けば二十時十五分。現れないかも……と不安になりかけたとき、スナックの扉が開いた。

「あら、常盤さん、来てくれたの〜、久しぶりね」

ちらっと目をやると、あの画像の男性と、そのうしろからグレーヘアをひとつにまとめた小柄な女性が続いている。

——小暮景子さん……！

思わず叫びたい衝動に駆られるが、櫂成と目を合わせて蒼依はそれをぐっとこらえた。

男性のほうが「おめでとうございます。これ、小さいけど」と花束をママにわたしている。

その傍で、景子さんの笑顔が見え隠れする。

蒼依は權成と目配せしあい、彼らに話しかけるタイミングを窺《うかが》った。

どきどきと胸が激しく動悸《どうき》する。何も知らないふたりは、ママに案内されて權成と蒼依のすぐうしろのテーブル席に腰を下ろした。

「あれっ……パーティーは今日だよね……」

いつもどおりの店内の様子に、おかしい、と思ったのだろう。男性が訝《いぶか》しげにママに問いかけている。

「ごめんね、常盤さん。周年パーティーは来週なのよ」

常盤さんが「え？」と不思議そうにママに問い返した。

「わたしにも年老いた母がいるから、分かるの。むかしからわたしのほうが苦労をかけられっぱなしで、母と特別に仲がいいわけじゃないけど、でもね、親が急にいなくなったら眠れないほど心配するわ」

ママが權成の肩を叩いた。

權成と蒼依が立ち上がり振り返る。男性と景子さんは、何が起こっているのか分からないといった表情だ。

「常盤さん、そして小暮景子さんですね」

權成の問いかけに、ふたりは顔を見合わせ、不安げにこちらに目を向ける。

「お話したいことがあります。同席させていただいてよろしいでしょうか」

「あなたたちは……？」

常盤さんから問いかけられた。

「わたしたちは下北沢《しもきたざわ》の『スパイダー探偵事務所』の調査員です。小暮さんのご家族からのご依頼で、景子さんの行方を捜していました。もちろん警察のほうでも捜しています」

櫂成の言葉に、景子さんの目が大きく見開かれる。

「小暮さんのご家族に、今すぐ報告はいたしません。まずは、おふたりのお話をお伺いできますか？」

櫂成がそう訊《たず》ねると、ややあって、観念したように常盤さんがうなずいた。

「景子さん……大丈夫。僕が傍にいるから」

景子さんは常盤さんに手を取って励まされ、眸《ひとみ》を揺らしている。

櫂成と蒼依は、ふたりと向かい合うかたちで席についた。


それからスナックで一時間ほど話をしたあと、景子さんが見つかったことを小暮夫妻に連絡した。二十二時半という遅い時間になっても、調査の報告を聞きたいという。こちらとしてもそのほうがいいだろうと、『スパイダー探偵事務所』に招いた。

「それで、母はどこにいたんですか」

応接セットのソファーに座るやいなや、小暮夫妻に問われる。

「景子さんは現在、六歳年下の恋人と巣鴨のアパートで暮らしています」

「ろ……六歳下の、恋人？」

櫂成の報告に、とくに景子さんの実息である夫のほうは眉をひそめてひどく驚いた。

「おばあちゃんの体調は？　元気なんですか？」

奥さんの問いに、蒼依が「大丈夫、お元気です」とうなずく。

「それじゃあ、駆け落ちした……ってことじゃないですか。いい歳して……そんな」

息子さんは苦々しい顔つきで失笑をまじえながらそうつぶやく。

蒼依は息子さんをじっと見つめた。

この人にとって、景子さんはお互いにいくつになってもおばあちゃんではなく母親だ。根底にある母親の理想像は、子どもの頃のまま、『自身の伴侶《はんりょ》を一生大切に想い、慎ましく生きる、子ども思いのやさしい母親』。そこから少しでも外れると、裏切られたような気持ちになる。勝手で幼稚な願望だ。

今の状態で景子さんと小暮夫妻を引き合わせても、きっと双方にいい結果が得られない。

人捜しを依頼された探偵としては、あとは家族間の問題として、本来なら知り得た情報を渡すだけに留《とど》め、余計な口出しをするべきじゃないのは分かっている。

――でも僕はこの人たちに関わった探偵じゃなくて介護職の経験のある普通の人間として、景子さんにも、小暮さんご夫婦にも、この調査をきっかけにしあわせになってほしい。

老人介護施設で働いていた頃、いろんなお年寄りがいた。

家族と折り合いが悪くて施設に入った人。連れ添った伴侶を亡くしてひとりになった人。子どもの世話になるのは申し訳ないからと希望して入所した人。みんなそれぞれ自分の運命を受け入れているし口には出さなくても、施設での楽しい時間だけでは解消できないような、「さみしい」という気持ちを抱いていたように思う。

高齢であっても自身の考えを理解されたいし、尊重されたい。身体も脳も老いて衰えていくが、「かわいそう」と思われたくないというプライドだってある。

景子さんは母親でも高齢者でもあるけれど、ひとりの人間として、誰かを悲しませない限りは自由に生きていいはずだ。

「いい歳して……高齢者が、恋をするのはいけないことじゃありません」

蒼依は小暮夫妻に向けてまっすぐに断言し訴えた。それに対してふたりが瞠目《どうもく》する。

「景子さんは、もともとのみなさんとの生活もしあわせだったと、小暮さんご夫婦は何も悪くないとおっしゃってました。ただ、そのうち来る最期を好きな人と迎えたいだけだと。でもそんな気持ちは理解してもらえないだろうから、黙って家を出たそうです」

息子さんが眉《まゆ》を寄せ、苦しげに小さくため息をついた。

「なんで、話してくれなかったんだ。なんで、理解してもらえないって、思ったんだ」

「景子さんが直接言われたわけではないそうですが、晩年の恋愛について取り扱う番組を見ているとき、『歳を考えてほしい』『先立った相手がかわいそう』とおふたりが話していたのを覚えていたらしく……」

「そ……そんな……。でも……でも、それが普通の感覚じゃないですか」

息子さんは同意を求めるように蒼依に問いかける。

小暮夫妻の言うとおりなのかもしれないけれど。

「僕は介護施設で働いていたとき、最高齢で九十六歳と九十三歳のカップル、他にも何組もお世話をしていました。ただ手をつないで散歩するだけで楽しいって、かわいいんです。高齢者が恋愛をするのは恥ずかしい、家族を裏切っている――……そうでしょうか。十五歳だって八十四歳だって九十六歳だって、ひとりはさみしいし、人を好きにもなるんです。それだけです」

蒼依の言葉に息子さんが息を呑《の》んだ。

「俺の……否定的な考えを母は見越して……」

「いくつになってもたいせつな、愛する息子さんに反対されるのは、母親として相当こたえるんだと思います。だから傷つけず、傷つかずにいるための選択をしたんです」

息子さんは「……そうか……」と深くうなだれる。

「常盤さんというお相手の男性は七年前に奥様に先立たれたあとは、二番目の娘さんと同居されていたそうです。常盤さんもまた、娘さんたちが『お父さんが色ぼけしてしまった』と話すのを聞いたのが、駆け落ちのきっかけでした」

櫂成が相手の男性についてそう説明すると、小暮夫妻はため息とともにうなずいた。

誰にもこの恋を理解してもらえないという思いで、ふたりは互いを頼り、身を寄せあったのだろう。

「おふたりには『家族には心配をかけずに、しあわせになれる道を探しましょう』とお話して、常盤さんも景子さんも同意し、僕に託してくれました。あとは小暮さんご一家に、おふたりの気持ちを理解して見守ってもらえたらいいなって……思います」

蒼依の説得に、小暮夫妻は顔を見合わせ「分かりました。そうします」と応えてくれた。

正式な調査報告書の提出と、小暮家と常盤さん・景子さんが対面する場を後日設けるという約束をして、この調査はひとまず終了した。

さっそく翌日の夜、双方の対面は『スパイダー探偵事務所』内で行うことにした。

蒼依は見守りのかたちで同席したが、司会進行的な役割だ。前日に小暮夫妻に話をとおしていたのもあり終始穏やかに進んでいる。

常盤さんと景子さんは、巣鴨でのふたりの生活をこれからも続けたいという。

高齢のふたりだけで暮らすのは……と心配する奥さんに、蒼依が「キーホルダータイプのトラッカーをスマホにつけて動きを追跡するものや、小型カメラと連動した見守りアプリ、毎日の配達で安全確認してくれるサービスもあります」といくつか便利なものを紹介した。

「ありがとうございます。こうして話し合いの席を設けて、相談にまでのってくださって」

奥さんのお礼の言葉に続けて、他の三人からも感謝されて恐縮する。

「僕は少しお手伝いをしただけです」

本当に探偵の仕事を手伝っただけ。景子さんが見つかって、こうして家族の仲を取り持つことができてよかった。

高齢者同士の生活や今後の介護問題など、現実的な話をしたあとの世間話では、四人から明るい笑い声も上がっている。蒼依はその雰囲気に安心して、対面の席からそっと離れた。

ボスのデスクで仕事をしながらこちらの様子を見守っていた櫂成の傍に、蒼依も並んで立つ。

「よかったな。和やかな雰囲気で話ができて」

「うん。景子さんの笑顔も見られたし、常盤さんもしあわせそうで、よかった」

「俺も、蒼依に感謝してる」

さらっと伝えてくる櫂成がこちらを見上げた。

「蒼依の高齢者に関する知識と柔軟な考えがあったおかげで、この案件の解決につながった。

俺からはすぐに『恋人と駆け落ち』なんて推測は出なかっただろうからな」

　燿成が褒めてくれて、蒼依は「少しはお役に立てたかな」とてれ笑いした。

「少しじゃなくて、充分に。だってほら、みんないい表情してる」

　四人が集まるテーブルのほうに目線を向ける。

　常盤さんと目を合わせて、景子さんの横顔はうれしそうに柔らかにほころんでいた。なんともほほえましくて、かわいらしい、素敵なカップルだ。

　四人の笑顔につられて蒼依の頬《ほお》もゆるむ。こちらの心まであたためられる。

　そういえば老人介護施設で働いていた頃も、こんな気持ちになっていたことを思い出す。ときにはケンカの仲裁に入ることもあれば、わがままに困らされることもありつつ、高齢者がしあわせに日々をすごすためのお手伝いをする――そこに蒼依も自身の仕事のやりがいと充実を感じていたのだ。

　でも毎日仕事に追われ、繰り返されるうちにそれが当たり前になっていた。

　夢でも強く望んだわけでもなく、「就職に有利だから」と高校時代に取った資格でなんとなく就職したのだとうしろ向きに、自分の価値観を自分で下げていたのではないか。

　蒼依は四人を見つめ自然と口元に笑みを浮かべたまま、「燿成さん、僕……」と話しかけた。

　燿成が「ん？」と顔をこちらに向ける。

「たった今まで、僕が以前やっていた介護職ってそれほど特別な仕事じゃないって思ってたけど、人生の最後を笑顔で過ごすためのお手伝いをする、本当はとても素敵な仕事なんじゃないかなぁって……」

櫂成に笑顔を向けると、彼がにやっと笑ってうなずいた。

「そういえば……地元で働いていたとき、案外お年寄りから頼りにされてたんです。『孫みたい』ってかわいがってもらったりして。僕にもおじいちゃんやおばあちゃんがいたらこんなかんじだったかもって、そういう心のふれあいだってうれしかったし」

介助や様々なかたちで得る仕事のやりがいに、特別に気負うことなく身体を突き動かされていたことを、今の今まで忘れていた。

「やっぱりおまえ、介護の仕事に向いてるよ」

自分が今感じていることを、櫂成にさらに後押ししてもらったような気持ちになる。

「……櫂成さんも、そう思いますか？」

「今回の調査で介護施設や高齢者が集まるところをいろいろまわっただろ？　お年寄りたちに寄り添って話を聞いて、孫みたいにかわいがられる場面もあって。蒼依の、高齢者との関わり方を傍で見ている間、俺はそう感じてた」

櫂成の言葉で期待が確信に変わっていく。単純すぎて笑われるかもしれないが、自己を他者から肯定されて、ようやく顔を上げて「自信を持とう！」という気持ちになったのだ。

「僕……介護職よりもっと条件のいい仕事が、大都会の東京ならいくらでもあるんじゃないかって漠然と想像してた。田舎ではできなかった恋をして、僕にも恋人ができるかもって夢見て。当面の生活費を稼げそう、いい人と出会えそうっていうふわふわした期待で二丁目に行ったんです」

蒼依のゆるふわ上京物語に、櫂成が「二十一歳のガキだな」と笑っている。

「ほんとにガキだった。バーテンダーの仕事を辞めて正社員の仕事を探そうって決めてからも、僕は、櫂成さんと会う時間が確保できないのはやだなって、夜勤仕事は最初から除外したりして。何を基準に就活してんだって、ハロワでも呆《あき》れられて当然だよ」

「ハロワでボロカスにやられたのか」

「担当職員の人が『これがやりたい、これなら負けないっていうものはないんですか』って」

思い出して苦笑いだ。

「プライベートの時間だろうと夜遅くて外が悪天候の嵐《あらし》だろうと、櫂成さんとロキさんは調査のために飛び出してく。仕事に責任と信念があるから。僕にはふたりのように強い思いも考えもなくて、あの日……このままじゃだめだ、変わらなきゃって焦ってた」

「俺と蒼依の身体が入れ替わった前日、か」

「部屋に残ってひとりでいろいろ考えたんだ。それに、自立したおとなじゃないと恋愛対象として見てもらえない、櫂成さんにとって心が安らぐ相手にはなれないんじゃないか……とか。そうは思っても、具体的にどうしたらいいのかは分からなくて」

はじめて櫂成に明かす自分の想いや迷い――あのときはこんなことを伝えるのは恥ずかしい、わずかな好感度すらだだ下がりすると思っていたのだ。だって中身がぺらぺらな本当の自分を知られて、好きな人にがっかりされたくないから。

「俺は……恋愛対象として見てたけどな。デートだってしてるし、そこは伝わってると思ってたけど、不安にさせてたか」

「え？」

「ただ……なかなか蒼依と会えないし、それで遠慮してるところもあって、何かきっかけがあって盛り上がれば……でもどうやって関係を進展させたらいいんだろって、まるで十代のガキみたいに戸惑ってたんだ。蒼依のことはだいじに想ってるから、そういう部分で迷ってた」

蒼依からすれば、「今でもけっこう好きだぞ」と言われたところでとまっていたのだ。

「まぁ、でもこの入れ替わりが、そのターニングポイントになったかな」

蒼依を見上げる櫂成の目がゆっくりと細められる。

そのやさしい笑顔を見つめるうちに、目の前で光が瞬いたような気がした。

入れ替わった理由も、元に戻る方法もずっと分からなかった。彼を好きだけど、櫂成になりたかったわけじゃない。もちろん櫂成だって、蒼依になりたいわけじゃない。

「もしかして……『甘ったれな生き方をなんとかしなきゃ』って思った僕が『櫂成さんみたいなおとなの漢《おとこ》になりたい』ってあこがれすぎてこの入れ替わりが起きた、とか？」

櫂成に愛されたくて、そんな強い憧れが原因で。どうしたらいいのか、何が必要なのか、自分の中ではっきりとした答えを出す必要があったのではないか。

「僕は……僕が本当にやりたいことを、やっと見つけた」

ただ前職に戻るのではなく、今なら新たな気持ちで介護職という仕事ともっと真剣に向き合える気がするのだ。

「おまえ今、すごくいい目をしてる。二丁目ではじめて会った頃とも、つい最近までの蒼依ともぜんぜんちがって見えるよ」

「自分でも……なんか、景色が明るくなったような、そんなかんじがする」

蒼依と櫂成が見つめあった刹那《せつな》に、遠くで雷がごろごろと鳴り響く。

それから間もなく雨が降り始めた。話し合いからすでに談笑に移っていた小暮夫妻、常盤さんと景子さんが「雨がひどくならないうちに帰ったほうがよさそう」と席を立つ。

四人は慌ただしく帰り支度をはじめ、櫂成と蒼依も見送りのためにビルを出た。

「雨だから、滑らないように気をつけてくださいね」

最後に景子さんから「本当にありがとうございました」と笑顔でお礼を伝えられて、彼らが乗ったタクシーが走り去る。

ふたりでほっと安堵《あんど》の息をついた。

「俺たちも早く帰ろう」

歩き始めてわずかな間にも雨が強くなっている。入れ替わりが起こったあの日みたいな猛烈な雨だ。

「なんだこの雨、ひどいな！」

一本しかない傘の中で、櫂成がぼやきながら蒼依に身を寄せてくる。

身長差で蒼依のほうが傘を持ち、櫂成の肩を抱いて濡れないようにかばって歩いた。

「なんか護《まも》られてるかんじが、きゅんとくるな」

上目遣いでふざけたように そんなことを言う櫂成に、蒼依は笑った。

「これ、ほんとは僕が櫂成さんにやってもらいたかったことなのに」

「元に戻ったら、やればいい」

左斜め下に目をやり、蒼依は「約束」とほほえんだ。櫂成さんから見た蒼依はこんなかんじなんだ、と視覚的に知れるのは、入れ替わったからこそできた貴重な体験だ。

――もしかして……元に戻れるんじゃないかな。

入れ替わりの原因が『櫂成みたいな自立したおとなの漢』への憧れだったなら。

――僕は櫂成さんのことが好きだけど、以前と同じ意味で櫂成さんに憧れない。僕は僕のやりたいこと、僕ががんばれることをやっと見つけたから。

悪天候とは逆に、心はやけに晴れやかだ。

そのとき、稲光がかっと空全体を明るくして、ふたりは上を仰ぎ見た。

雲から下に流れ落ちる光と、耳を塞《ふさ》ぎたくなるような雷鳴が轟《とどろ》く。
入れ替わりが起こったあの夜も、不気味な雷が鳴っていた。
いくつも枝分かれした閃光《せんこう》が夜空に広がる。
強い風に身体を揺さぶられ、ばりばりと空が割れるようなひときわ激しい雷が。
「蒼依！」
視界が光で塗りつぶされて、そこで意識がぷつりと途絶えた。

□　5　□

ふとまぶたを上げると、音のない真っ白の世界に蒼依《あおい》は漂っていた。

——……なんだろ……僕、どうしてたんだっけ……。

ぬるい波間にたゆたうような、ふわふわの雲の上にいるような、なんとも不思議な感覚だ。

一面の白い世界だと思っていたが、あたたかく柔らかな光に包まれている。

漂う記憶をのろのろと手繰り寄せるうちに、家に帰る途中だった、と思い出した。

ひどい雨と雷が鳴っていて、相合い傘で蒼依は櫂成《かいせい》の肩を抱いて歩いて。

——え？　変じゃない？　僕が櫂成さんの肩を抱いて歩く？

身長差的におかしい、逆だ、と思ったのだ。でも、櫂成はそのとき「なんか護られてるかんじが、きゅんとくるな」と蒼依の腕の中で笑っていた。

——なんだ？　なんで？

混乱する。櫂成は蒼依よりずっと身長が高くて、がっしりとしたスポーツマン体型で、薄っぺらな身体つきの自分とは真逆なのに。

何かがおかしい。それとも記憶ちがいなのだろうか。夢なのだろうか。

どこからどこまで？　それともぜんぶ？

そのとき、どこからか声が聞こえた。「目を覚ましてくれ」「笑ってる蒼依に早く会いたい」と途切れ途切れに、誰かの声がする。

「……い……あおい！　蒼依！」

耳元で呼びかけられて、蒼依は顔を顰《しか》め、おそるおそる目を開けた。

「蒼依！」

視界の大半を燿成の顔が占めている。さっきまでいた光の世界じゃない。こちらが現実？

「……燿成……さん？」

彼の名前を呼ぶと、ほっとしたような笑顔を見せてくれた。

「蒼依……どこか痛いところはないか？　大丈夫か？」

「……うん？　……ない、と思う……大丈夫」

すると燿成は苦しげに長い息をはいて「蒼依」と繰り返し、抱きしめてくる。

「よかった……意識はあるようなのにおまえが目を覚まさないから……焦った。怖かった……」

蒼依は彼にぎゅうぎゅうときつく抱擁されながら、ようやく辺りに目をやった。

浴室だ。燿成のマンションの。

あたたかいと感じていたのは、今ふたりがいるのが湯を張ったバスタブの中だったからだ。

「……お風呂？　……なんで？」

ぼんやり問いかけると、燿成が少しだけ腕の拘束をゆるめて顔を覗《のぞ》き込んでくる。

「ふたりとも外で気を失ったんだ。俺はすぐに気がついたけど、蒼依は目をつむったまま『寒い』って譫言《うわごと》を繰り返して。雨に打たれて冷えてたから、ここまで運んだ」

それだけ説明したあと、燿成に再び掻《か》き抱かれた。

意識があやふやな蒼依をこうして抱きとめて、彼が身体をあたためてくれていたらしい。

雨の冷たさ、雷の轟音《ごうおん》。徐々にその光景をはっきりと思い出してくる。

「僕は……ひどく眩しい光を見た。あれは、雷……？」

「やっぱり雷はトリガーだったってことだろうな。俺たちの入れ替わりはとけたんだ」

「入れ替わりが……とけた……？」

蒼依が茫然《ぼうぜん》と繰り返すと、燿成が「元に戻ったんだ」とうなずいてくれる。

元に戻った。入れ替わりがとけた。雨と雷の中で。

燿成の言葉が、リンクしていく。中身が入れ替わった蒼依と燿成。互いに協力しあいながら、周りに助けられながら、探偵として一緒に案件の調査を行っていたのだ。

頭の中に一本のラインを引かれたみたいに、今日までの記憶がすっとつながった。

「……あ、お、思い出した……！　僕、燿成さんと入れ替わってた……⁉」

「そうだ。俺たちは入れ替わってた。十七日間」

「戻った？　ちゃんと？」

「ああ、ほら、ちゃんと。俺は俺で、蒼依は蒼依だ」

くっついていた身体を櫂成が離したことで、蒼依はようやく自分が全裸だということに気付いて「わああっ」と悲鳴を上げる。櫂成はインナー代わりのＴシャツを着たままだから、自分も何か身につけていると思っていたのだ。

「僕っ、裸っ！　なんっ、なんで僕だけ裸っ⁉」

「雨で冷えきった蒼依の身体を早くあたためなきゃって必死で。俺自身はぜんぶ脱ぐ余裕がなかっただけだ」

説明されて、自分だけ全裸の意味は分かったが。

「今さらだろ。おまえの裸なんかもう見飽きてるわ！」

「ええええっ⁉」

入れ替わっていたせいで、想い人から「裸を見飽きた」と言われてしまった。

「えっちもしてないのに、裸を見飽きるくらいすでに見られてるなんてあり得ないぃぃ」

蒼依が手で顔を覆いながら嘆くと、櫂成が「騒げるくらいには元気そうだな」と笑っている。

「おまえだって、俺の裸はもう見慣れただろ」

櫂成が濡れて張りついていたＴシャツを「脱ぎにく」とぼやきながら邪魔そうに剝《は》ぎ取った。

綺麗《きれい》な筋肉のついた胸板、ひきしまった腹筋がおしげもなく蒼依の目の前にさらされる。

「――っ！」

ぎょっと瞠目して固まった。彼の身体から放出されるフェロモンを浴びて、いっきに体温が上昇した気がする。

「ほら。十七日間、おまえの身体だったんだ」

「……や、……あの……」

「なんだよ」

たしかに見慣れたはず。さんざんさわってもいた。なんなら平時から臨戦態勢のペニスのかたちや大きさまですでに知っている。

――なのに……本物の櫂成さんの身体だから、ちがって見える！　どきどきする！

目のやりどころに困って蒼依が縮こまると、櫂成が「まだ寒いのか？　ちゃんと首まで浸かってろ」と心配してくれるが、そういうことじゃない。

「……べつにもう寒くない。急にこんな……見るのも見られるのもてれくさいんです！」

すると櫂成は「ふっ」と笑った。

バスタブのへりに手をつき、いじわるな表情で「てれるのか」と迫るように顔を覗き込まれるのは刺激的すぎる。至近距離でフェロモンにあてられ、頬がかあっと熱い。

「いっとき、これはおまえの身体だったのに。俺だと……てれる？」

櫂成の視線から逃れようと、バスタブの中で身を捩《よじ》った。しかしその腕を摑《つか》まれる。

視線が痛い。顔を背けていても、彼にじっと見つめられているのが分かる。

「……俺も、蒼依の裸は見慣れたはずなのにな……」

独り言みたいな櫂成のつぶやきに、蒼依はそっと目線を上げた。

「自分の身体として扱ってきた十七日間で、見慣れたつもりだったけど。今俺の目の前にいるのが蒼依なんだって、おまえの裸なんだって意識すると、これまでとぜんぜんちがって……」

むきだしの肌に櫂成の指先がふれただけで、びくっとしてしまう。

「おまえがそうやって隠そうとするから、よけいにやらしく見える」

肩を押し開かれて、櫂成と正面から視線が絡む。

水が滴る彼の胸元、逞《たくま》しい肩、筋肉が隆起した張りのある腕。おとなの漢の色気が迸《ほとばし》る艶《なま》めかしい肌から、蒼依も目が離せない。

櫂成の喉仏《のどぼとけ》がごくりと大きく動く。さらに目線を上に移動させると、彼の目に欲情が滲《にじ》んでいるのが感じられた。

「櫂成さ……」

櫂成の視線が素肌をなぞるようだ。首筋から胸におりて、そこにとどまり、再び這《は》い上がってくる。

「隠そうとしても、しなくても、どっちでも煽《あお》られる。見飽きてなんかない」

燿成の眸がぎらりと光って、獲物を狙《ねら》う獣みたいだ。

「恋愛対象として見てたし、蒼依との関係を進展させたいって思ってたって……俺が言ったの、ちゃんと覚えてるか?」

真剣に問われて、蒼依は小さくうなずいた。

「入れ替わりがとけたとき、蒼依が目覚めないかもって不安だった。怖かった。笑ってるおまえに早く会いたくて、目覚めたらちゃんと、俺の気持ちを伝えたいと思った」

目覚める寸前に聞こえたのは、もしかすると本当に燿成の声だったのかもしれない。

燿成が何か覚悟を決めるような表情で、ひとつ息をはく。それを蒼依は静かに見守った。

「俺の傍にいてほしい。いてくれなきゃ困る」

「……………」

「蒼依が好きだ。俺の恋人になってほしい」

ずっと欲しかった言葉がうれしくて、泣きそうだ。

その反面、心の奥にずっとあった不安が燻《くすぶ》っている。

「燿成さんが……僕のことなんかぜんぜん好みじゃないの、知ってます」

彼のようなおとなの漢に、好きになってもらえる要素がないし、自信だってない。

燿成は「俺の好み?」と顔を険しくしている。

「だって『エロそうな美人』が好みだって、そういう人とワンナイトしてたって聞いた。バーで櫂成さんに声をかけてくる人なんてもろにそうじゃん。僕は二十一のガキだし、見た目もこんなんだから、ペットをかわいがるくらいのものなのかなって。……なのに、僕を？」

蒼依の問いに、櫂成がため息をつくように苦笑いする。

「好みとか好みじゃないとか、考えてすらない。そんなチンケなところにないからな、蒼依に対する俺の想いは」

熱っぽい目で見つめられて、蒼依は真意を探りつつ見つめ返す。

「俺は真野《まの》蒼依を好きになったんだ。おまえの顔も、身体も、性格も、人と話すときの笑顔も、そうやって少し自信なさげに喋《しゃべ》るのも、ぜんぶ愛《いと》おしい。好きなんだ」

「…………」

「おまえの笑顔としあわせを、パートナーとして護ってやりたい。おまえといることが俺のしあわせだ。だから、俺の恋人になってほしい」

蒼依は奥歯を嚙みしめ、泣きそうになるのをぐっとこらえた。

「おまえこそ、いいのか、俺で。上京したばかりの頃みたいに、恋に憧れてるだけじゃないのか？」

蒼依は「ただの憧れなんかじゃない」と首を振って訴えた。

「浮気の証拠写真を突きつけるようなゲスな男だって知ってるのに？　おまえが浮気したら、同じことをしないと約束できない。今度はただ証拠を摑みたいからじゃなくて、好きすぎて、俺以外を見てるなんて許せなくて、傷つけるかもしれない」

「ゲスとか思ってないし。僕は浮気しない」

断言する蒼依に、櫂成の吐息が震えるのが見て取れた。

「夜中だろうとおまえを置いて調査に出て、何日も戻らなかったり、恋愛を優先できない日もある」

「分かってる。僕は仕事に誇りを持ってるあなたを、前よりもっと好きになったんだ。僕は櫂成さんじゃないといやなんです。櫂成さんにも僕だけを見てほしい。僕を信頼してください」

おずおずと手をのばして、櫂成の腕、肩、胸に指をすべらせた。相手にふれられることに心が震えるほど感動しながら、彼の体温や肌の弾力をたしかめる。

「本物の櫂成さん。櫂成さんが僕に、好きって言ってくれた。やっと。恋人にって。うれしい」

歓びを噛みしめてつぶやいたくちびるに、櫂成が奪うようなキスをくれた。

入れ替わっているときではない、蒼依にとってこれがはじめてのキスだ。

軽くふれあったあとに、深く押しつけられて、蒼依も手をのばして甘えるように彼の首筋にしがみつく。

くちびるを啄《ついば》まれ、食《は》まれるのは、「いとしい」とかわいがられる気分でしあわせだ。

重なる角度を少しずつ変えながら、くちづけあう。

やがて櫂成の舌が挿し込まれ、ゆったりと嬲《なぶ》られて、溢れそうな唾液《だえき》ごとやさしく掻き混ぜられた。

「ん……」

蒼依も応えて舌を絡ませ、こすりあわせる。ふいに吸われたりすると、喉の奥から声が漏れるほど気持ちいい。だから蒼依もそれを真似《まね》た。すると櫂成もさっきより深く舌を挿れてくる。上顎《うわあご》や頬の内側、舌下にも。

濃厚なくちづけに酔って、くちびるが離れたときにはぼんやりしてしまった。ろくにものを考えられず、頭の中もとろとろのクリームになってしまった気がする。

ひたいをくっつけ、鼻先をこすりつけるようにしてくすぐられて、蒼依はふふっと笑った。

「……好きだ……蒼依」

「……うん……僕も、好き」

頬にもまぶたにも首筋にも、櫂成がキスを落としていく。たっぷり湯が入ったバスタブの中で抱きしめられたまま。

蒼依は夢の中にでもいるような気分で、あたたかくて甘いしあわせに浸っていた。

すっかりあたたまったあと、櫂成の寝室に移動し、ベッドに横たわった。

身体が冷えないようにとの気遣いで風呂上がりに着せてもらった櫂成のバスローブは、すぐにはだけてしまったけれど。

「入れ替わってたとき、見たりさわったりはしても、これはできなかったからな」

乳暈《にゅううん》ごと吸われて、舌先で乳首をくすぐられる。

丸めた上掛けにクッションや枕を重ね、そこに半分座ったような格好で背中を預けているため、自分が櫂成に何をされているかよく見えるし、目が離せない。

「……っ……あっ……んっ……」

身体のあちこちを櫂成に舐《な》めたりしゃぶったりされて、息も絶え絶えだ。口で愛撫《あいぶ》されるだけでなく、同時にぬるぬるのペニスを彼の大きな手筒できつく扱かれた。

浅く息を弾ませながら、その手の動きにあわせて腰が揺れてしまう。粘着音が響いて恥ずかしい。恥ずかしいと思えば思うほど、気持ちよくてたまらなくなる。

「腰動いちゃうくらい気持ちいいのか」

櫂成の声にも耳孔の奥をくすぐられるようだ。

蒼依は奥歯を嚙みしめて、こくんとうなずいた。

「おまえの、相変わらず先走りが多くて……えろいな」

「……っ……だって、櫂成さ……が、はぁ、はぁっ……」

「俺？」

「櫂成さんが、僕に、ふれて……くれて……」

にやりと笑った櫂成の頭が下肢に向かう。期待に胸を膨らませて、目が離せない。

焦らされることなく、しとどに濡れたペニスを咥《くわ》えられた。後孔には指を埋められていく。

「あぁー……っ……はぁっ……」

はじめは指一本だったのに、いくらもしないうちに二本に増やされて、いきなり圧迫感が増した。しかしその苦しさより口淫《こういん》の刺激のほうに意識を奪われる。

何もかもがはじめての刺激だ。

首を擡《もた》げて覗き込むと、櫂成が頭を上下させて懸命に奉仕してくれている。音を立てて吸われるのも、つむっていた目を開けてこちらの反応を確認する顔つきにも煽られた。

達しそうになり、ぶるぶると内腿《うちもも》が震える。なのにおあずけを食らって先延ばしにされてしまった。あと少しだったのに。

「なんでっ……」

「はじめてなんだし、ここがもう少し柔らかくなるまで。じゃないとぜんぶ入んねぇから」

櫂成のペニスの大きさはよく知っている。でも。

「も……や、やだ……イきたい」

ぐずると櫂成が寄り添ってきて、よしよしと頭をなで、「もうちょっと我慢な」と慰めのキスをくれる。

「おまえと、深くつながりたいんだ」

「う……」

それは自分だってそうだ。蒼依は甘えたい気分で、櫂成の胸元に顔をすりつけた。

性交用のジェルを使われているとはいえ、今や後孔を弄《いじ》る指の動きに遠慮がない。指のつけ根まで押し込まれてピストンされ、深いところを掻き回されたりなどする。

くちびるを塞がれて、喉の奥で呻き声を上げた。

後孔の内壁を指で拡げられていくうちに、そこから熱いものが湧き出すような感覚が濃くなってきた。腰が跳ねて震え始める。

「……あ……なんっ……なんか……そ、こっ……はぁっ、あっ」

「中も、気持ちよくなってきた？」

ペニスをこするときの快感とはちがう、甘い痺《しび》れだ。

「蒼依の気持ちいいところ……」

胡桃《くるみ》ほどの膨らみを「ここだな」と指先で捉えられた。そこをやさしく揉《も》まれると、つま先が跳ね、熱い疼《うず》きが腰全体に広がり背骨を伝って這い上がる。

身体の中を快感の波が打ち寄せるたびに、それは濃厚になっていく。

快楽を完全に摑まえた。鼻腔《びこう》を抜ける声を抑えられない。興奮が高まり、胸が大きく上下する。蒼依はなんとか、はふ、はふと息を継ぎながら、「気持ちぃ、すごい」と訴えた。

しっかりと肩を抱かれて、彼の腕の中で顔のあちこちにキスをされながら、後孔から音が響くほど指の束を抜き挿しされる。

「……っ……はぁっ……あぁっ……かい、せいさんっ……」

「指じゃなくて、俺のでイかせたい。蒼依の中に入っていいか」

興奮した息遣いで問われ、蒼依はこくこくとうなずいた。

欲情をあらわにして鈴口からよだれを垂らす櫂成のペニスに手をのばす。エラが張って、太く逞しい。いやらしい色とかたち。でも怖くないし、つながりたい。

太腿を押し開かれ、そこに櫂成が覆いかぶさってくる。蒼依は櫂成のペニスに手を添えたまま、それを自分の後孔に誘った。

窄《すぼ》まりに櫂成の尖端《せんたん》がキスをするようにふれ、雁首《かりくび》をぬるぬるとこすりつけられる。そうして期待が高まりきったところで、尖端を押し込まれた。

「——っ……！」

頭の下のクッションを摑んで首を擡げながら、挿入されているふちを覗き込む。

「痛くない？」

「……痛くない、けど」

櫂成のペニスに侵されて、つながっていく性器を見るのに夢中だ。でもびっくりしたせいで、自分のペニスがへにゃへにゃと萎《な》えていく。

「萎えちゃったな。よしよし」

蒼依の萎えたペニスを扱いて慰めてくれるから、ちょっと笑ってしまった。

櫂成にかわいがられると、すぐにむくむくと首を擡げる。

「動くからな。ゆっくり……」

言葉どおり、彼が腰の動きで中を拡げるように掻き回しながら、徐々に押し入ってきた。

「……んー……あ……」

彼の太い陰茎がぬぷぬぷと音を立てて出たり入ったりすると、後孔のふちがそれにしがみつくみたいに引きつれる。視覚的にも感覚的にも、侵入してきたペニスを自分の身体が悦《よろこ》んで受け入れているのが分かった。

「ふちのとこで、締めつけられる……気持ちいい」

快楽に酔ったような目つきで腰を振ってくる櫂成に、胸だけじゃなくて窄まりもきゅうんとしてしまう。すると思いのほかきつく収縮したようで、櫂成が「う……」と呻《うめ》いた。

「おい……はじめてなのに、そういうこと、いつ覚えた？」

「わざとじゃないっ……うぁんっ……」

腰を押さえこまれ、煽るようにピストンされる。しかし重ねたクッションに背中を預けているせいで上に逃げられない。だから頭で敷き込んだ寝具や何かをぎゅっと摑んで、衝撃を受けとめるしかない。

「あっ……あぁっ……」

でもそんなふうにされても痛みや苦しさはなく、快感が増すだけだった。

再び硬く勃起《ぼっき》したペニスを權成に扱かれ、同時にうしろも抽挿《ちゅうそう》される。少し深いところから浅いところまでを一定のリズムで抜き挿しされるのが、たまらなくいい。

内側の粘膜をこすられる感覚を夢中で追う。両方からの快感があわさるとこれまでに感じたことがないくらい気持ちよすぎて、腰ががくがくと跳ねるように震えてくる。

蒼依は目をつむって与えられる快楽を享受し、ただひたすら喘いだ。

抽挿のたびにじゅぷじゅぷと粘膜同士がこすれあう音が響いて、それにも煽られる。

「はぁ……はぁっ……っ……」

「その掠《かす》れ声、かわいくて、本気で気持ちよさそうで、えろいな」

「だって……ほんっ、ほんとに……気持ちいいっ……とけるっ……」

「つながってるところ?」

「かいせ、さんのが、こすれるとこっ……ぜんぶ……」

とろとろにとろかされている気がするのだ。

「俺も……蒼依ん中、気持ちいい……。よすぎて、とまらない……!」

少し強めに打ち込まれ、蒼依は悦びのまま嬌声《きょうせい》を上げた。

交わりがいっそう深くなり、遮二無二こすり上げられ、振りたくられて、半泣きで喘ぐ。

「櫂成さっ……気持ちぃ……うう……んんっ……」

硬茎をこすりつけられている胡桃も、尖端で突かれる奥も、窄まりのきわも、どこもかしこもきっと熟れた果実みたいにぐずぐずになっている。

「……もぉ、だめ、イきたい……イきたい」

助けを求めて櫂成にしがみつく。挿入前もがまんさせられたのだ。

すると手を取られ、下肢に導かれた。淫蜜《いんみつ》を滴らせる自分の陰茎を握らされる。

「俺は中からイかせてやるから」

うしろを深く侵されながら、蒼依はすぎる快感の中、震える手で自慰をした。今よりもっと深い快楽を得るために懸命に手を動かす。

奥に嵌《は》めて掻き回されると、浮かせた腰ががくがくと、尻もぶるぶると震えてとまらない。

「……はぁっ、あっ……かいせ、さんっ……、それ、気持ちいいっ……！」

たどたどしく訴えると、「俺も、気持ちいい」と応えてくれた。

身体を深くくっつけたり離れたりして、ひっきりなしに揺らされ、蒼依は涙で潤んだ目を懸命に開けて櫂成を見上げた。

櫂成も熱に浮かされたような欲情をあらわにした顔つきだ。目線を下げ、侵されている後孔も覗き見た。もうすっかり陰茎の根元まで突き込まれているのに、苦しさはなくて快感だけが溢れてくる。それは骨をとかすくらいの甘い汁みたいで、頭の芯《しん》まで痺れるようだ。

蒼依はたまらず目をつむった。

腹の底にたまっていくその深い快楽に、心を奪われる。分厚く、濃く、膨らんでいく。

「……はぁ、あぁ……も、イ、く……、イく、イくっ……」

「俺も……奥に出すから」

櫂成に抱擁されて、激しく揺さぶられる。ぜんぶの衝撃をつながったところで受けとめるうちに頂点に達し、蒼依は吐精して極まった。何度も腰がびくびくと跳ねる。

後孔が痙攣《けいれん》して、それにひきずられた櫂成も、最奥の壁に先端をなすりつけながら熱いものをしぶかせるのが分かった。

櫂成に覆いかぶさられ、つながりをとかずに互いに息が整うのを待つ。

「はぁ……」

長いため息をついて、櫂成が蒼依を胸に閉じ込めたままごろりと寝転んだ。ふたりをつないでいたペニスが抜けたけれど、まだ離れたくなくて櫂成の胸に顔を寄せる。すると櫂成がよしよしと頭をなでてくれた。顔を上げるとキスをくれる。蒼依もキスを返した。

「最後、痛くなかったか？」

「……ずっと気持ちよかった。櫂成さんが、えっちで、かっこよかった……」

「はじめての子相手に、夢中で腰振るかっこ悪い男になってた自覚はあるけどな」

「ううん。好き」

燿成と脚を絡めあい、ぴったりと肌を重ねて抱きあう。

彼のあたたかさに包まれて、しあわせで、蒼依は頰をゆるませた。

でもペニスがまだ身体の中にあるようなかんじがして、もう何もないのに勝手に内襞《うちひだ》が物欲しそうに収斂《しゅうれん》する。蒼依は「うう」と呻いた。

「どうした？」

くつろいでいる燿成とちがって、もじもじしてしまう。

腕の中からじとっとした目で見つめると、燿成が「あはは」と笑った。

「もう一回したい？」

「うん」

素直な即答に、ますます楽しげに笑われる。

「ちょっと休憩してからな。次はバックとか、対面座位とかやってみるか？」

「バック……対面座位……おしえてください」

かあっと頰を熱くしてお願いすると、燿成に「かわいいな」と抱きしめられた。

こうなる前まで、お互いの境目に線を引かれているような、どこか遠慮していた部分があったけれど、不思議と今はもうそれを感じない。

「入れ替わりはたいへんだったけど、この十七日間に俺の知らなかった蒼依をたくさん知れた。前よりもっと好きになった」

「僕は櫂成さんのこと大好きだったけど、もっと大好きになった」

彼の背中に回した腕に、その想いをのせてぎゅっと力を籠《こ》めると、櫂成はやさしい強さで抱き返してくれる。

「でももう入れ替わるのはかんべんだな。こんなふうに蒼依にさわれなくなるのはいやだ」

「うん、大丈夫。僕は自分がしあわせになるために何が必要なのか、何をしたらいいのか、もう分かったから」

誰かをうらやんだり、誰かの力に頼ってしあわせになろうとするのでもなく、誰かのために自分の脚で立てる人になりたい。もう、そうなれるはずだ。

「僕は、櫂成さんをしあわせにする」

仕事を探すのはまだこれからだし、櫂成との恋はようやく始まったばかり。

でも仕事も恋も、うまくいく予感しかない。

「俺の恋人はかわいくて頼もしいな」

顔を寄せ合い、間近で甘い笑みを浮かべる彼に、蒼依はうっとりとほほえんだ。


何かひとつうまくいくと、それまでせき止められていた杭《くい》を抜かれたみたいに、そのあとはするすると事が進むものなのかもしれない。

「櫂成さん！　ロキさん、咲良《さくら》さん！　正社員の仕事決まった！　かも！」

採用の連絡を貰《もら》ったその足で、蒼依は『スパイダー探偵事務所』を訪ねたのだ。笑顔の報告に、三人が目を大きくして「かも？」と問いかけてくる。

「試用期間三カ月、そのあと本採用になる予定ってことで」

鼻息も荒く伝えた。だって契約社員や派遣社員じゃなくて、いちばんの希望だった正社員雇用なのだ。

そんな蒼依の傍に、櫂成が立った。

「蒼依、とりあえず落ち着け。仕事って？　どこに決まったんだ」

そうだ。肝心な情報がまだだった。

「世田谷《せたがや》の老人介護施設。ときどき夜勤もあるみたいだけど基本は日勤だし、福利厚生もしっかりしてて、賞与もちゃんと出る」

咲良に「世田谷のどの辺？」と問われて、「下北沢からふたつ先が最寄《もよ》り駅」と答えた。

「ここからまぁまぁ近いじゃん」

にやにやするのはロキだ。

だって介護の仕事は夜勤があるし、週休二日だが希望取得制だから、できれば世田谷区内で探したかった。仕事をがんばるのは当然として、自分の恋もたいせつにしたい。

「うちの大塚《おおつか》のアパートからだと四十分くらいかな。でも初賞与を貰ったら、バイトで貯めたお金とあわせて、引っ越ししてもいいなって」

もちろん下北沢に、だ。櫂成と会いたいと思ったときになるべく会えるようにしたい。

「蒼依くん、もう櫂成んちに住めばいいんじゃない？」

ロキの言葉に蒼依は目を瞬かせた。だって櫂成の家にはロキがいる。余っている部屋だってない。

「俺、今週末には櫂成んちを出るんだ」

ロキからさらっと報告されて、蒼依は「えっ？」と驚いた。櫂成のほうへ振り向くと、意味深ににやっとする。

「ロキは親友の俺を捨てて、恋人と同棲《どうせい》するらしい」

「あっ、えっ、僕と入れ替わる前に出会った人と、ですか？」

ロキに「まぁね」と軽く返された。

蒼依と入れ替わっていた間に連絡不通となったロキは、その相手からの信用を失っていたそうだが、うまくいったということなのだろう。

「なので、蒼依くんが櫂成んちに、どうぞどうぞ」

「家主を差し置いてそれをおまえが言うか」

ロキと櫂成のやりとりに、蒼依はどう反応したらいいのか分からない。ロキは「どうぞ」と言ってくれるが、彼はもしかして気を遣って譲ってくれたのではないだろうか。それに櫂成本人だってどう思っているのか。

「ロキさん、僕に遠慮して出て行くとかじゃ……」

蒼依がおずおずと問うと、ロキが「いやいや」と手を振ってそれを否定した。

「俺があっちに無理やり転がり込むわけでもない。むしろあっちが俺と櫂成の関係を誤解して
『いつまでその年来の親友とやらと寝食を共にする気なのか。死ぬまでか』ってどろどろにやきもちやかれたんだよね～。だから俺が気を遣ってるわけじゃない」

その話から相手の人柄が垣間見《かいまみ》えて、蒼依は少し笑ってしまった。それにロキはその惚《ほ》れた相手に相当弱いのではないだろうか。「蒼依みたいな子にちょっかいを出したり、いじわるするのが好きな、ゴリッゴリのバリタチ」と櫂成に評されていたロキが恋をした相手。入れ替わり期間の音信不通の誤解をとこうと、必死になったその相手のことに俄然《がぜん》興味が湧く。

「ロキさん、その方にどろどろに妬《や》かれるくらい愛されてるんですね」

ロキはこれまでに見たことがないほどでれた顔で「そうそう」とうなずいた。

残る懸念は櫂成だ。好きだから同棲したい、とまで思ってくれるのかは分からない。彼とつきあい始めてまだ二週間も経っていないのだ。

蒼依がためらっていると、櫂成がにっと笑った。

「蒼依、うちに来るか?」

「え……いいの？　僕が、櫂成さんと一緒に暮らしても」

「いいよ。ロキと入れ替わりでうちに引っ越せば。あ、といっても、ロキと中身が入れ替わるのはもう二度とナシで、な」

楽しげにほほえむ櫂成に、蒼依はなんと返したらいいのか分からずただ口元をゆるめた。だって信じられないくらい、都合良く何もかもがうまくいきすぎじゃないかと思うのだ。

「あ、あれっ……今の、入れ替わりに引っかけたのおもしろくなかったか？」

恥ずかしそうな櫂成に、とうとう蒼依はぱあっと表情を明るくする。

うれしくてたまらない。だけどこれって夢じゃないかな、というしあわせな不安もよぎる。

「どうしよう……こわいくらいに僕の野望が何もかもかなうんだけど……あとで何かひどいしっぺ返しを喰らったりしない？　スマホの保護シートを貼《は》るとき毎回どうしても気泡が入るとか、鳥の糞《ふん》が頭のつむじにクリティカルヒットするとか、毎朝目覚ましの三十分前にトイレに行きたくなってしまうとか……」

ぶつぶつとつぶやきながらも歓《よろこ》びに震えていると、咲良とロキがその独り言に「それはやだわ」「やだね」と笑っている。

「じゃあ、やめとく？」

櫂成からつまらなそうに問われ、蒼依は「やめない。何があっても櫂成さんと暮らす」と断言した。

櫂成は満足げに、そしてやさしくほほえんでくれる。

「俺は保護シートを貼るの得意だし、蒼依が頭に糞をつけて帰ってきたら綺麗に洗ってやる。目覚ましより三十分早く起きるのもいい。その分ゆっくり過ごせるしな」

蒼依のマイナス発言もプラスに転換してくれる素敵な恋人だ。ハートが飛ぶような声で「櫂成さん……」とうっとりしてしまった。

「はいはい、いちゃつくのはあとにしてくださーい。例の再調査案件、今日はマルタイに動きがあるからな」

ロキがカメラや小道具をバッグに入れて、出掛ける準備をしている。

蒼依と櫂成が入れ替わっていたときに引き受けた案件だ。

「マルタイが今日出張先の大阪《おおさか》からこっちに戻るんだが、奥さんには『あした帰る』と嘘《うそ》をついているらしいんだ。今日こそ証拠を摑んでやる」

櫂成も顔つきを変えた。

ロキと櫂成に、蒼依は「がんばって！」とエールを送る。

「調査から戻ったら蒼依の就職祝いをしような。ロキの追い出し会も兼ねて、三人で」

櫂成の提案にロキが「お、いいね」と同意し、蒼依は満面の笑みを浮かべた。そんな蒼依にロキが「蒼依くん、あらためてだけど」と真面目な顔で向きあう。

「正社員の仕事が決まってよかったな。それもちゃんと自分がやりたいことを見つけて、摑み取ったんだ。だからかな、はじめて蒼依くんと会ったときとは表情もちがって見える」

「ロキさん……」

「俺のほうはほら、耀成とちがって欲目まったくナシの見解だから」

ロキからそんな言葉を貰えるとは思ってもみなかった。かつては入れ替わりが起きてしまうほどうらやましく思っていたロキからの言葉だから尚更《なおさら》だし、耀成に言われるのとはまたちがううれしさを感じる。

「そう、かな」

「周りに護られてるだけの、ただのかわいこちゃんじゃない。顔はかわいいけどな」

にっと笑ったロキの腕を、横から耀成が「だから！　おまえがかわいいって言うな」と小突いてしんとなったあと、咲良も一緒になって噴き出してみんなで笑った。

調査に向かうふたりと一緒に蒼依も『スパイダー探偵事務所』を出て、三人で空を仰ぐ。

「今日は雨でも雷でもなく、いい天気で調査日和だな、ロキ」

「ばっちりな証拠写真を撮ってやろうぜ、相棒」

曇天や雨天より太陽の自然光の下で撮るほうが、マルタイの姿や背景が明確に写るのだ。

耀成とロキに、蒼依は「健闘を祈ります」と両手でこぶしを握る。

これから始まる新しい生活を予感させるような澄んだ青色を見上げれば、蒼依も胸が躍るようだった。

あとがき

こんにちは、川琴《かわこと》ゆい華《か》です。『入れ替わったら恋人になれました』をお手に取っていただき、ありがとうございます。お楽しみいただけましたか？

今作の前半は、二〇二三年五月発売の雑誌『小説 Chara vol.48』に掲載していただいたものです。文庫化にあたり、後半を書き下ろしました。

入れ替わりものは他社さんで一度書いたことがあるのですが、それとはぜんぜんちがうお話になったと思います。入れ替わったことで主人公の目に見えるもの、気付くことも、キャラクターが変わるとこうもちがう——書いていておもしろかったところです。

皆様は「入れ替わるならこの人がいい」と思う誰かはいますか？　芸能人や大富豪、それとも身近にいる憧れの人でしょうか。もとに戻れる保証があって短期間だったら……わたしなら（人ではないですが）猫かなぁ？　猫目線は体験してみたいですね。たとえばうちの猫とか。あ、でも中身は自分なので、うちの猫が普段どう思っているかは分からないのか～。猫の気持ちを知りたければもっと他の能力が必要ですね！

話が逸れましたが、今回、「主人公は誰と入れ替わったらいやだろう？」という部分を足がかりにしてお話を考え始め、片想いしている彼の恋人と入れ替わる展開となりました。好きな人の恋人になれたらうれしいけれど、『恋人という着ぐるみ』になりたいわけじゃないですもんね。

それと、駆け出しの新人の頃からじつは探偵ものを書きたかったんです。ようやくかないました。事件ものほど派手ではないけれど、依頼内容を解決していく過程で受けと攻めの仲が進展していくお話を書くのは楽しかったです。

イラストは高久尚子《たかくしょうこ》先生です。はじめてイラストを担当していただきました。ありがとうございます。とっても素敵なラフが届き、櫂成の色気のある漢っぽさに文字どおり釘付けです。そりゃあ蒼依も好きになっちゃうよね〜！　ロキも櫂成とはちがった色気があってかっこいい。挿絵等を拝見するのはこれからなのですが、楽しみすぎて今もにやにやがとまりません。

お世話になっております、担当様。ここ数年ずっとご心配をおかけしている状態ですが、いつも濃やかにお気遣いくださり、いろいろと助けていただいて心より感謝申し上げます！　何かと迷走したり泡を食ったりすると思いますが、今後ともどうぞよろしくお願いいたします。

最後に読者様。読書タイムを楽しんでいただけるといいなぁといつも願っております。毎回のお願いで恐縮ですが、もしよろしければお手紙やX（旧ツイッター）でご感想をお寄せくださいませ。ご感想を糧に、次に進むことができます！

またこうして、お目にかかれますように。

川琴ゆい華

この本を読んでのご意見、ご感想を編集部までお寄せください。

《あて先》〒141-8202 東京都品川区上大崎3-1-1 徳間書店 キャラ編集部気付
「入れ替わったら恋人になれました」係

【読者アンケートフォーム】

QRコードより作品の感想・アンケートをお送り頂けます。

Chara公式サイト http://www.chara-info.net/

Chara

入れ替わったら恋人になれました……【キャラ文庫】

■初出一覧
入れ替わったら恋人になれました……小説Chara vol.48
(2023年7月号増刊)
踏み出したら恋人になれました……書き下ろし

2024年2月29日　初刷

著者　川琴ゆい華
発行者　松下俊也
発行所　株式会社徳間書店
〒141-8202　東京都品川区上大崎3-1-1
電話　049-293-5521（販売部）
03-5403-4348（編集部）
振替　00140-0-44392

印刷・製本　株式会社広済堂ネクスト
カバー・口絵
デザイン　佐々木あゆみ

ISBN978-4-19-901124-5

川琴ゆい華の本

好評発売中

［ソロ活男子の日常からお伝えします］

イラスト✦夏河シオリ

地元町の宣伝が懸かった取材ロケで、新人レポーターが大失敗⁉　機転を利かせて場を収めた、町役場広報の水波《みなみ》。それ以来、水波に懐いた東京育ちのアナウンサー・階堂《かいどう》は、休みの度に遊びにやって来て…⁉　掘りたてで作る大学芋に、自家製釜で焼くピザ、満天の星空を眺めるキャンプ——独りを満喫していた時間が、二人で楽しむものに変わっていく——緑豊かな故郷で紡ぐ、恋と再生の物語♥

川琴ゆい華の本

好評発売中

【へたくそ王子と深海魚】

イラスト✦緒花

華やかな長身に、上品で清潔感のある横顔——癒しを求めて訪れたバーで、好みの年下イケメンと出会った、編集者の奏《そう》。価値観も話も合うし、この男となら最高の夜が過ごせると思ったのに…。アホみたいに腰振りやがって、このヘタクソ!!　二度目はないと心に誓った数日後——取材のため空港に赴いた奏は、密着する男性CAと対面し驚愕!!　極上の容姿に反してセックスが最悪なあの男・恒生《こうせい》で!?

川琴ゆい華の本

親友だけど
キスしてみようか
川琴ゆい華
イラスト◆古澤エノ
勢いに乗じたキスも、捨て身の告白も
お前にとっては忘れられることなのか？
キャラ文庫

好評発売中

[親友だけどキスしてみようか]

イラスト✦古澤エノ

ケガでプロの道を断たれるアスリートを少しでも減らしたい——そんな想いで理学療法士になった侑志《ゆうし》。四年目にして、社会人サッカーチームの専属に大抜擢!!　ところが、顔合わせに現れたマネージャーは、高校時代の親友・清光《きよみつ》——好きすぎるあまり勢いでキスして、一方的に距離を置いた、初恋の相手だった。気まずい侑志とは裏腹に、純粋に再会を喜ぶ清光は、なぜか積極的に近づいてきて!?

川琴ゆい華の本

好評発売中

[ぎんぎつねのお嫁入り]

イラスト✦三池ろむこ

死にかけた僕を助けてくれた、あの人にもう一度会いたい——!! 車道に飛び出し、重傷を負ったぎんぎつねのすず。保護したキッチンカーのオーナー・陽壱《はるいち》に一目惚れしてしまう。お礼を言おうと、人間に化けて会いに行くことに!! 正体を明かせないのに、陽壱は「すずの髪…あの狐に似てて綺麗だな」と無造作に触れてくる。我慢しようとするたび、感情が高まって、耳と尻尾が出そうになり!?

キャラ文庫最新刊

氷竜王と炎の退魔師②
犬飼のの
イラスト✦笠井あゆみ

恋人同士は同室になれない⁉ ルカと両想いになったのに、寮則に悩まされる慈雨《じう》。そんな折、学園内でまたしても幽霊騒ぎが起き⁉

蒼穹のローレライ
尾上与一
イラスト✦牧

戦後十八年目のある日、三上《みかみ》の元に一通の封筒が届く。そこには、戦死した零戦のパイロット・浅群《あさむら》に関する内容が書かれていて…⁉

入れ替わったら恋人になれました
川琴ゆい華
イラスト✦高久尚子

バイト先の常連客の櫂成《かいせい》に、密かに片想い中の蒼依《あおい》。ある日、街中で事故に遭い、居合わせた櫂成の恋人と身体が入れ替わってしまい⁉

3月新刊のお知らせ

栗城 偲　イラスト✦麻々原絵里依　［推しが現実《リアル》にやってきた(仮)］
神香うらら　イラスト✦柳ゆと　［事件現場はロマンスに満ちている②(仮)］

3/27（水）発売予定